五湖八荡

刘香河　著

作家出版社
全国百佳出版社

图书在版编目（CIP）数据

五湖八荡 / 刘香河著. -- 北京：作家出版社，2025. 1. -- ISBN 978-7-5212-3131-1

Ⅰ. I267

中国国家版本馆 CIP 数据核字第 2024ZS5632 号

五湖八荡

作　　者：刘香河
责任编辑：朱莲莲　丁文梅
封面设计：贾　莹
出版发行：作家出版社有限公司
社　　址：北京农展馆南里 10 号　　**邮　　编**：100125
电话传真：86-10-65067186（发行中心）
86-10-65004079（总编室）
E-mail:zuojia @ zuojia.net.cn
http://www.zuojiachubanshe.com
印　　刷：河北星强印刷有限公司
成品尺寸：155 × 220
字　　数：155 千
印　　张：14.75
版　　次：2025 年 1 月第 1 版
印　　次：2025 年 1 月第 1 次印刷
ISBN 978-7-5212-3131-1
定　　价：88.00 元

目　录

湖　荡

一

苏北里下河流域，是一个湖荡纵横的所在。大纵湖，得胜湖，乌巾荡，旗杆荡……所谓“五湖八荡”，安顿了我的乡愁。

于我而言，在故乡众多的湖荡中，称得上“亲切”一词的，是乌巾荡。在我儿时的记忆里，荡里满眼的芦苇，碧绿碧绿的一大片，铺向天边，无边无际。阔阔的苇叶在微风里摆动着，沙沙沙作响。小鸟贴着苇叶上下飞舞着，知名儿的，不知名儿的，这儿一群，那儿一趟，追着，逐着，叽叽啾啾地叫着。其叫声，很是悦耳。

不时，有几只燕子剪水而落，停在荡边的浅滩上，啄些新泥，之后，飞到人家的屋梁上去，辛勤地建造自己的巢。

乌巾荡里，水浮莲、水花生极多。翠生生的叶子，密密地漾在水面上，与芦苇的碧很是相融。偶或，有几只红蜻蜓，又有几只灰蜻蜓，飞来飞去，飞去飞来。蜻蜓们飞累了，便会停在水浮莲、水花生的叶儿上歇脚。

水浮莲、水花生一多，水底的水草也跟着多起来。这样一来，乌巾荡里的水就肥了。于是乎，野生的鱼虾就多起来，野鸡野鸭也跟着多起来。何故？生物链循环是也。

野鸡野鸭与家养的鸡鸭相仿佛，只是野鸡的尾羽较家鸡要长，冠较红；野鸭的块头，一般说来，较家鸭要小，羽毛多光泽，雄性野鸭的头部，羽毛绿亮亮的，两翼有蓝色斑点。野鸡善飞，野鸭既善飞，亦善水。

乘船傍湖荡而行，常能看到野鸭，扑棱着两只翅膀，两腿划水而翔，在荡面上留下长长的波痕，身姿很是潇洒。

野生的鱼虾一多，背了青篾鱼篓，穿了皮衣皮裤的摸鱼人常来（这样的摸鱼人，大多单干，与后文讲的“摸鱼帮”无涉）；野鸡野鸭一多，打野鸡野鸭的人常来。摸鱼，在我们乡间极常见。倒是这打野鸡野鸭，让我们这些乡间孩子觉得稀奇。

打野鸡野鸭的进得荡来，先嗷嗷地吆喝几声，惊得野鸡野鸭在水面上、苇丛间扑棱棱地飞，这时才放枪。

打野鸡野鸭用的小船那才叫小呢，两头尖尖的，船身窄长窄长的。不识船性的一上去就翻，可打野鸡野鸭的不会。他们不仅能上船，船上还得放上好几管长长的猎枪，还有吐着长舌头的猎犬。

此刻，看出这船的玄机也。窄长窄长的船身，与长长的猎枪相吻合；两头尖尖的，堪称无阻力行进，且掉头很是便捷。这打野鸡野鸭，船行起来，当然是越快越好。钻在芦荡里面，一不小心钻进了呆汊子（呆，音 ái。呆汊子，一头不通的沟汊），打野鸡野鸭的无须费神，转身调向划动船桨，船很快便能撤出。

别看打野鸡野鸭的船身那么长，船上配的桨却很是短，很是小。打野鸡野鸭的，划起桨来，小船像在水上飞。

打野鸡野鸭，有单个枪手独立行动，也有几个枪手联合行动。联合行动，则拉网似的，围了芦荡打。这情形，多半发生在晚上。几个枪手，白天踩了点，知道那里野鸡野鸭成了趟，一杆枪对付不过来，用他们的行话说，容易惊窝。这才联了手。联手后，四面有枪，野鸡野鸭想飞逃，则难矣。

打野鸡野鸭，最金贵、最看重的，不是枪，不是船，不是猎犬，是媒鸭。这媒鸭是野生的，特灵。主人放出后，它便满湖荡地飞，寻得野鸭群之后，便落下，暗中引着野鸭群向主人火力范围靠，抑或呀呀地叫唤几声，给主人报个信。主人枪一响，刚刚起飞的媒鸭，须迅疾掉下，假死。否则，枪子儿是不长眼睛的。这便是媒鸭的绝活了。自然，也有打野鸡野鸭时误击了媒鸭，那枪手得伤心好一阵子。将一只羽翼未丰的野鸭，调驯成一只上好的媒鸭，花上三四年工夫，亦不一定满意。

在我的记忆里，与野鸡野鸭为伍的，还有三种野生鸟禽：咯鳜、鹨和青桩。它们会在暮春初夏时节，出现在家乡的湖荡里、田地间。

在三种野生鸟中，青桩个头第一，咯鳜次之，鹨为最小。

咯鳜鸟的叫声为“咯鳜”，看来，这鸟，似因叫声而得其名的。个头虽不及青桩，但也还算是高大，腿脚特长，脚爪张得很开，身子则簇成一团，似乎有些比例失调。个头最高大者当数青桩。这里的青桩，便是学名叫苍鹭的。我们当地人叫灰鹭。虽然，跟张志和词中描写的白鹭有些差距，其实也就差在羽色上，一白一灰，如此而已。青桩较咯鰕腿更为修长。故乡人说一个人长得过高，会用青桩作比："看看你哟，长得一双青桩腿！"我的老家有一处水杉林，面积也有一千五百多亩，林间栖息着数以万千计的苍鹭，一旦飞翔起来，铺天盖地的架势，让人领略遮天蔽日之意韵。与白鹭相比，姿态一样悠然、流畅。与空中姿态比起来，它们的叫声，"呱呱呱"的，跟鸬鹚叫得几乎一样，不雅。

鵽，是这三种野鸟中个头最小者。《尔雅释鸟》郭璞注："鵽大如鸽，似雌雉，鼠脚，无后指，岐尾，为鸟憨急，群飞，出北方沙漠地。"仅一"鸽"的个头，较咯鰕、青桩便小了好多。

里下河文曲星汪曾祺在他的小说《异秉》里也有描述，卖熏烧的王二，"春天，卖一种叫'鵽'的野味，——这是一种候鸟，长嘴长脚，因为是桃花开时来的，不知哪位文人雅士给它起了一个名称叫'桃花鵽'"。这"桃花鵽"，在我们那里跟"菜花昂"正好相配，均为两道时令美味。

与咯鰕、青桩二者相比，鵽的嘴真不算短，所以汪老说其"长嘴"应没有错。与前二者比腿的话，那就没法比矣。咯鰕、青桩都有一双大长腿，鵽腿虽说也长，也只是较一般的鸟儿长些，但跟它俩比还是矮太多矣。

咯鰕、鵽、青桩，论起步态来，那无疑是咯鰕拔得头筹。但见那咯鰕，头戴一顶小红帽，迈步有板有眼，颇具绅士风范。鵽的小碎步，青桩的高大笨，当然跟咯鰕的优雅迈步不能同日而语也。

初夏的家乡平原上，绿绿的稻田间，万绿丛中，偶露一点红，缓缓移动，不时有叫声传出：“（咯）鰕——（咯）鰕——”必是咯鰕无疑了。咯鰕叫起来颇特别。“咯”“鰕”二字并非平均用力，“咯”音轻，且短促。“鰕”音重，且长远。猛一听，似乎这样：“鰕——”然乡里人大多听得耳熟了，听得颇清爽：“（咯）鰕——（咯）鰕——”

成片的稻田里，秧行已密，满眼绿色。故乡人插秧苗时，就准备咯鰕的到来。秧田间，三三两两，栽下了整把整把的秧苗，在稀疏的秧行中，老远望去，很是显眼，那便是乡民们为咯鰕栽下的咯鰕窝。多少年了，每年栽秧，乡民们均这般做。怕是习惯罢了。

其实，乡民们用秧棵栽成的咯鰕窝，也不一定只是咯鰕入住。鵪、青桩也有可能落入。大片大片的稻田，秧株上各种昆虫多得很，飞来飞去，正是鸟儿鲜活的食物，这时稻田间，水汪汪的，小鱼小虾及其他浮游生物丰富得很，这就对这些野鸟们产生了巨大吸引力。当然，咯鰕、鵪、青桩更多时候，是自己做窝。不一定都在稻田里，芦荡里，苇丛中，也有其踪迹。到一定时候，它们便会在窝里下蛋，孵化小咯鰕、小鵪、小青桩。

农家妇女下田薅秧草时，时常能从“咯鰕窝”里抓到一两只小咯鰕之类，碰巧有时也能拿到咯鰕蛋之类野鸟蛋。鵪和青桩的雏鸟，我见过。没有见过鵪和青桩下的蛋。咯鰕的雏鸟和蛋，我都见过，且吃过咯鰕蛋。

咯鰕蛋满是斑点，蛋体甚小。乡里人很是看重，获得一只，总要煮给自己的宝贝儿子、孙子吃。说是能治百病的，消灾避难，灵验得很。想来，乡里孩子，吃过的不在少数，今年没吃上，不等于明年吃不上，果真明年吃不上，那不还有后年吗？乡民们有的是耐心，每年一到桃花红菜花黄稻田绿，咯鰕、鶵、青桩便会如期而至，还怕吃不上一只小小的野鸟蛋？

咯鰕蛋之类，不用特地煮，煮饭时，放在烫灌水里带，便能带熟。熟咯鰕蛋，在乡里孩子手里，多半不轻易下肚的，总要在手上盘弄些时辰，或是令小伙伴眼馋，再独自吞下肚去，颇得意。

若是逮到一只小咯鰕之类，那比拿到蛋还要兴奋。最是那小咯鰕好玩，长腿，乌嘴，青眼，黑绒毛，浑身黑笃笃的。捧在掌心，软乎乎的，样子很可爱。

小咯鰕，多跟家中小鸡一起喂养，叫起来"叽叽叽"的，与小鸡差不多。小咯鰕想养大极难。尽管设法找小虫子喂它，用不了几日，不是让哪只馋猫捉了去，便是自个儿死去了。野生的毕竟是野生的，家养自然难矣。

我老家算不得大，乡风倒颇有差异。据说，圩南一带，之于咯鰕，是不逮、不杀的。而西北乡一带，则"张"咯鰕食用。

张咯鰕，其法极简便。一根竹扫帚条子，修去枝杈，在其细小的一端拴上根长长的麻线，麻线一头留个活绳扣。在稻田间田埂上，择好一处地方，将竹扫帚条子较粗的一端隐插在稻田里，细小的一端略略插入田埂中，不宜过深，使竹扫帚条子弯曲适宜。将麻线理好，活绳扣放在田埂上，有咯鰕从田埂上走过，一脚踩进活绳扣，再抬腿时，一拽动麻线，活绳扣自然收紧，拴住咯鹐的腿，咯鹐只有待擒了。这说的是张咯鹐，其实张青桩也一样。鹑，则是用枪打的多。这些都是很久很久以前的事情，野生鸟类受到保护之后，原先喜欢摸枪的主儿，无用武之地矣。

汪曾祺先生在《故乡的食物》中曾非常留恋地写道："鹑肉极细，非常香，我一辈子没有吃过比鹑更香的野味。"说来惭愧，这鹑我肯定吃过的，但却没能留下像汪老这样难以磨灭的印象。倒是那咯鹐烧水咸菜，跟"菜花昂"一样，深深地留在了我的记忆中。咯鹐一样需水烫拔毛，洗净，切块，配好作料，下锅爆炒，之后再与水咸菜一起红烧。说实在的，一道咯鹐烧水咸菜，那味道，奇鲜，醇香，无须多着一字矣。

这乌巾荡里，堪称宝贝的，不止野鸡野鸭，亦不止咯鹐、鹑和青桩之类。在苇丛间飞的，在水底游的，还有在荡里生着长着的，都宝贝得很。单说这荡里的苇叶，一到端午，便成了抢手货。

乌巾荡之名，源于一则传说。说是岳飞追杀金兀术到此，无舟可渡，于是张弓搭箭，将金兀术乌色头巾射落于荡中，荡名由此而出。地方志有云："乌巾荡，一作护金荡。"

这里也是吾邑先贤施耐庵笔下梁山泊原型之所在。元朝末年，施耐庵先生回归故里，面对碧波荡漾，苇叶飒飒，群鸟飞翔的乌巾荡，曾吟诗一首：

昔人曾去桃花源，
我辈今到芦苇荡。

蓝天白云映碧波，
绿树丛中是故乡。

乌巾荡紧靠兴化城北，区位优势优越。清末时，兴化城的西门、北门、东门均被乌巾荡包围。二十世纪六十年代后，逐步填塞，城市扩建，水面退后，乌巾荡仅留下北部主要水域。九十年代开始，当地政府筹建乌巾荡风景区。留给我印象最深的，是当年过境公路的构筑，横穿整个乌巾荡，偌大的水面被一分为二。此举，好比在一面容姣好的女子脸上，生生地划了一刀，让人心疼。

二

故乡湖荡中，水域面积最大者，当数大纵湖，有“水乡泽国”之称。望着一望无垠的湖水，极易让人心潮激荡，思绪远扬。

大纵湖，为盐城和兴化两地所共有。大纵湖亦名太湖（见《明史·河渠志》），窃以为不是想与无锡太湖比美，而是自言其大。据乾隆《盐城县志》、康熙《淮安府志》等典籍记载，大纵湖南北长三十里，东西长十五里。《明史·河渠志》有云：方圆六十里，水是汇合高邮、宝应、兴化、泰州诸地来水为湖。

大纵湖之成因，有潟湖说、沉湖说两种。潟湖说者考证，大纵湖由潟湖演变而来，初次成陆后为滩涂，曾有人类活动，后因海水入浸沉没，海水东退后，因地势低洼，遂成湖泊，距今已八百年有余。

沉湖说，与一则流传甚广的民间传说有关。我小时候，就曾多次听外婆讲过“石狮红眼”的故事。

相传，东晋城里有个叫宗保子的小伙子，与年迈的母亲相依为命。宗保子靠卖豆腐为生。每日里，宗保子上街卖完豆腐回家时，都要在祠堂石狮旁的烧饼摊上，买几个烧饼带给母亲，自己却一个也舍不得吃。

时长日久，宗保子的孝心感动了天神，让他得到了一个天大的秘密：当石狮子眼红时，将会有洪水发生，东晋城将被洪水淹没，让他赶紧带着老母亲逃命。

知道秘密的宗保子，每天挑着豆腐担子到石狮子跟前，都要盯着石狮子的眼睛看半天。人们便好奇地询问缘由，诚善的宗保子如实透露了天机，结果引来一阵哄堂大笑。

某日，有好事者，用朱砂笔点红了石狮的眼睛。他想看看宗保子会有怎样的反应。

宗保子和往常一样，卖了豆腐，便去看石狮的眼睛。这一看，他大吃一惊，石狮子的眼睛红了！只见宗保子扔下担子，飞奔到家，背起母亲就跑。

好事者见状哈哈大笑。可好事者笑声尚未停歇，天空中一声巨响，顿时间电闪雷鸣，狂风大作，暴雨倾盆。这阵势，让好事者瞬间呆成了一只木鸡。

话说这宗保子背着母亲跑呀跑呀，只听得身后哗哗洪水汹涌而来。老母亲见儿子跑得上气不接下气，心生不舍，便劝儿子放自己下来歇歇。老母亲想的是，这人哪斗得过天啊，听天由命吧！谁承想，宗保子将母亲放下来的瞬间，风停雨止，一切异象皆消失得无影无踪。

此刻，一条大鲤鱼从母子俩头上一跃而过。母子俩再回头看时，东晋城已消失，四周白茫茫一片，只留下他们母子脚下一大块土墩子。母子俩知道，他俩这是置身于一片大湖的中央矣。

万幸的是，这大湖里，水草丰茂，鱼虾肥美。落脚在大土墩上的母子，从此过上了捕鱼捉虾的生活。宗保子母子落脚之地，即中堡的发源地是也。1929 年大旱，湖底干涸，曾发掘了不少东晋城的城墙、街道之遗迹。

三

大纵湖“水上婚礼”古就有之，值得一说。故乡一带，出门见水，无船不行。在大纵湖一带，临水而居的乡民也好，漂于湖上以船为家的渔民也罢，多半以水道代巷道，以花船代花轿，于是乎，水上婚礼盛行起来。

对此我曾做过较为详细的描写，“请媒”“访亲”“合八字”“通话”“送日子”“忙嫁”“迎娶”……一整套的婚俗礼仪，极具地域特色。让我心生感慨的是，原本生活贫瘠的乡亲们，却能把婚丧嫁娶之事，张罗得有声有色，颇见波澜，值得人敬佩。此处，说一说娶亲时用的花船，以及花船娶亲返回时常见的“抢上风”。

先说花船——

水乡人家娶亲，得用花船。讲究排场的人家出动三条船：最前面的一条，舱里尽是吹鼓手，一般是六个人，用钱请来的，娶亲时吹奏些诸如《游龙戏凤》《刘备招亲》之类的戏曲儿，吹吹打打，自演自唱，十分热闹，这船叫“乐船”。居中间的一条，舱里摆花轿，轿前放两张方凳，专给新郎和陪郎坐的；轿后放张方桌，上有棉被、席子和一对花枕头，这船叫轿子船。最后的一条是空的，显而易见是装嫁妆用的，自然就叫嫁妆船。多数人家，只需四根船篙、两条船，便够了。随着时光的推移，在乡里迎娶的轿子船，靠船篙撑的少了，机动船多起来。

轿子船上还有许多习俗呢，譬如，轿前要有火盆火把，轿顶要安“照妖镜”，以及插有羽毛之类的喜饰。这羽毛，考究的用孔雀毛，大众化的用鹅毛之类。

再说“抢上风”——

轿子船在水上不能走下口，必须走上风。早先时候，新郎在新婚三天内除去神仙皇帝，就数他大，哪怕一品当朝也不在话下。何故？只因他做了“新郎官”。不过，这新郎的“官”仅当三日，时辰一过自然“削职为民”。话说那新郎官，既有三日官衔，便不能吃下，故而轿子船必须走上。行船途中，要是碰上其他农船、商船、渔船之类，大家都晓得是新郎官的轿子船为大、为上，会识相地认小、为下，极自觉地走了下口。本地乡俗如此，不为过。

然，凡事都有例外。轿子船在河里“抢上风”的事亦时有发生。旧时是碰到横行乡里的官老爷，那官船是不让你的，怎么办？抢！称霸惯了的官老爷不会轻易让新郎官为上、为大，而新郎官与撑轿子船的汉子们似更不服气。“历朝历代官在上、民在下，官坐民跪，穷人一辈子就这三天‘官’，你都不肯让，非争不可，那就不怪人了。”

于是乎，撑轿子船的汉子们齐心协力，挥舞船篙，一定要让新郎官抢了上风，当成“三日官”。现时，“抢上风”，多数不是跟官船抢，要么是乡里不讲道理的泼皮之徒，没有什么礼数好讲，想他让出上风不可能，只能靠抢；要么同是迎亲的轿子船，两位新郎官碰到一起，均想占上风，怎么办？想让可不成，依本地乡俗是非抢不可。每年正月里，为“抢上风”，多多少少总要弄出一些不愉快的事情的。

乡里人之所以如此看重“抢上风”，据说是因为抢了上风的新郎官会一辈子风风光光，逢凶化吉，遇难成祥，一顺百顺。想来，这不过是一种愿望而已，可信度值得怀疑。

我描述之局限，显而易见。读者诸君想对水上婚礼有切身感受，最好是到大纵湖来，做一回观光客。

四

大纵湖一带婚俗风情的推介，暂且搁下。容我转入对另一处湖荡——吴公湖的叙述。

据清嘉庆《重修扬州府志》载，吴公湖，因昔有吴高尚公隐居于此而得名。秦的后期，丞相李斯遭赵高陷害，被腰斩于市。吴公时任河南太守，他与李斯同乡，又是李斯的门生，因而被追杀，不得不远离家乡，隐居古镇中堡。相传，吴公在隐居中堡期间，以教书为生，潜心修炼，得到了中堡民众的尊敬。吴公的好德行，为八仙之一的铁拐李赏识，后经铁拐李点化成仙。

有一天，吴公坐在一张芦席上，竟能徐徐升天而行。芦席落下时，便形成了中堡的前湖。后来，人们为纪念吴公，遂把此湖称为吴公湖。

吴公湖以产河蟹最为著名。吴公湖之蟹，蟹壳略黄，个头壮硕，体格强健，乃中华绒螯蟹是也。由此，诞生了一享誉海内外的特产：中庄醉蟹。

中庄醉蟹之正宗者，乃是具有六百多年历史的“童德大”。

据说，中庄醉蟹当年能远赴南洋（新加坡）参加国际物赛会，并获得赛会金奖，由此声名大振，在南洋打开一片新天地，得感谢一位名叫张謇的实业家。张謇，南通人氏。他实业救国之理念，让家乡南通得以长足发展。“一个人与一座城”的佳话，为人们广为传颂。不止于此，几年前，习近平视察南通时就曾称张謇为“中国民营企业家的先贤和楷模”！

张謇将中庄醉蟹带至南洋国际物赛会，是一百多年前的清光绪年间。时任通商大臣的张謇，对“童德大”牌中庄醉蟹，可谓是情有独钟。他一次次品尝，总是意犹未尽，赞不绝口。中庄醉蟹味道的醇美，肉质的鲜嫩，让张謇很是感叹：此真乃人间美味！

于是乎，他毫不犹豫地将“童德大”第十六代传人童庆墀所制作的中庄醉蟹，带到了南洋，参加国际物赛会。那些生平没有见过中庄醉蟹的各国通商产业大臣们，面对这道来自古老东方的特别物产，先是充满了好奇和向往，品尝之后，味蕾得到极大满足，纷纷伸出大拇指，赞不绝口：“Good！ Good！”一个个异常兴奋。

第一次参加南洋国际物赛会就夺得金奖，让中庄醉蟹不仅在南洋引起轰动，而且在其原产地兴化及周边地区也是声名大振。至此，中庄醉蟹通往东南亚国家的销路一举打开，国内销量更是大幅攀升。中庄醉蟹，在淮扬菜系中不可或缺，在亲友往来中同样不可或缺。

数百年的传承，“童德大”牌中庄醉蟹，有了制作流程和操作工序的更高追求。选好蟹，成为制作中庄醉蟹的重中之重。道理不言自明。基于此，中庄醉蟹，一律选用中堡湖水域所产中华绒螯蟹。蟹的体量须匀称，大不得，也小不得，每斤四只；所选之蟹，须为：青壳，白团脐，且八爪二螯齐全。置于手掌之中，一定“张牙舞爪”，充满活力。

即便是这样的蟹，选定之后，还需要用竹篾篓装好，再放回中堡湖水质清净、流速适宜的水域簖养一个月左右，以清除其体内污浊之物。之后便是“干搁”，将竹篾篓底部铺上一层新鲜的干稻草，任蟹在其内吐故纳新。一周之后，如听不到蟹吐泡沫的声音，便可转入下道工序——刮毛。给蟹来个个体形象大出新，将其爪、螯上的绒毛全部去除。注意，不可让蟹损伤至残。残蟹，一定在醉蟹时弃之。

醉制，乃整个工序中最核心的程序。醉制的缸，在一周前，就得装入糯米酒、精盐、川椒等配料。配料，按严格配比调制而成。提前一周入缸，目的是让配料在缸中相互渗透，充分融合。值得注意的是，这配料中容不得一滴水。是的，一滴水！否则，配料的纯度达不到百分之百，醉蟹的口感就差了。所谓“差之毫厘，谬以千里”是也。

这之后，才轮到螃蟹投缸。毫无疑问，投缸之蟹，一定称得上横行霸道，活脱脱“一介武夫”，仅是活蟹，是不够格的。

螃蟹投缸醉制，有几个时间点一定要掌握好。一般在两周之后，开缸翻蟹，将所醉之蟹逐一翻身，原本团脐朝下的，全部翻而朝上，再封缸口醉制两周。这样四周过后，便可开缸分装矣。

要知道，整个醉蟹加工制作，是严格按照节令进行的。从农历九月初九重阳节后选蟹，其时在霜降前后，经过“簖养”“干搁”“刮毛”“配料”等工序，这中间便经过了大雪、冬至、小寒、大寒，再经过四周的醉制，“色、香、甜、咸、嫩”五字俱佳的醉蟹，春节前便可上市。人们春节的餐桌上，就多了一道美味：中庄醉蟹。

新春佳节，走亲访友，人们品尝着甜而不腻、脆嫩爽口的中庄醉蟹，不免会对“童德大”的传人们心生敬意。一代代“童德大”传人的潜心研究，不断探索，化成了如今人们餐桌上一道独特的美味。

值得庆幸的是，“童德大”到现在已传到了第十九代。第十九代传人童玉，更是不负祖望，研制推出了自己的新品牌：“正童”牌。相信童玉所创立的“正童”牌中庄醉蟹，定会传承祖辈荣耀，漂洋过海，香飘五洲。

五

与吴公湖几乎相通相连的，是平旺湖。这里可以称得上是我“老家”之所在。颇有名头的特色田园乡村——碧水东罗，就在这里。

碧水东罗，乃2017年江苏省启动特色田园乡村建设试点工作，首批四十五个试点村之一，有着“中国最美村镇”之美誉。

置身于颇具诗意的碧水东罗，步至东罗村大礼堂，最吸引人眼球的，是大礼堂正面上方的红五星，以及下方的太阳光芒和红五星两侧相对应的三面红旗。这样的雕刻，一下子就把人带到了那个火红的年代。

大礼堂是由当年的老庙改建而成，最早建于1953年。大礼堂内部集报告厅、多媒体功能厅、百姓大舞台于一体，室内装有灯光音响和中央空调等设备。这里成了举办村民大讲堂、地方文化表演、村民聚会的重要场所。

村史博物馆，是一处由青砖小瓦建成的仿古建筑。它也有一个诗意之名：东罗秋实。村史博物馆的外墙，很是别致，用小青砖镂空叠砌。屋顶的玻璃天窗，大大增加了馆内采光。整个村史馆，在建造过程中，没用一根铁钉，采用古建筑中榫卯相连的一种建筑手法，让村史馆更显古朴。

草垛，茅屋，蓑衣；农具，耕种，垂钓者……这样的场景，让人随时可以融入东罗曾经的历史，让观光客瞬间变成了寻梦人。

村民服务中心，由两个天井及三个多功能室组合而成。整个建筑，与村史馆一样，也是采用榫卯相连之古法构建。中心内设有棋牌室和多功能视听室，老人在闲暇之余可在此休闲娱乐，孩子们平时也可以到这边来读书，画画。不止于此，这里还设了医疗室，免费为村民们提供一些常规的医疗保健服务。

东罗广场，那可是东罗人气最旺的所在。广场舞，太极拳，各种民间表演应有尽有。一天劳作之后的东罗人，都愿意在自己的广场上，展示出提振精气神的另一面。

那么就来吧！彩灯亮起来，锣鼓敲起来，秧歌唱起来，广场舞跳起来，龙狮舞起来……千万可别小看了这个舞台，中央电视台《乡村大世界》节目组也曾在这里取景呢！

碧水东罗，河水蜿蜒，孕育出一方灵秀。鱼，虾，蟹，蚬子，螺蛳，河蚌……淡水产品何其丰富；菱角，茭白，河藕，慈姑，荸荠……各种水生物产极具特色。鲜活的东罗味道，定然会唤醒你的味蕾，让它在你的记忆深处深藏。

当你置身于东罗返乡青年们醉心打造的民宿——“耘朵”，推开临河的窗，眺望田野上慢慢消散的晨雾，迎一轮初升的朝阳，定然会为你留下一段沾满泥土的乡情。

不止于此，被誉为全球四大花海之一，闻名遐迩的千垛菜花景区，以及李中水上森林公园，皆在此地。

“眼前的一大片又一大片的菜花，一朵又一朵漂浮在水中的田，它们既是水淋淋的，又是沉甸甸的，既空灵飘逸，又厚重沉稳。”著名作家范小青，多次来到我的故乡，她对千垛菜花的自然景观赞誉有加。

“举目四望，前后左右满是菜花、菜花、菜花！在阳光的映照下，炫目的金黄、金黄、金黄！蝴蝶翩跹，蜜蜂嗡吟，一阵阵浓烈的菜花香气，像酒一样醉人，我也确像醉了酒似的萌生着一些睡意了。”故乡的千垛菜花，在散文名家忆明珠笔下，变得炫目而浓烈。

“水杉参天，树梢益鸟欢聚，沟内鱼儿跳跃，林内一片生机。这里是野生动物的天堂，野鸭、白鹭、黑杜鹃、草鹦鹉、山喜鹊、猫头鹰等在此筑巢生息。林中鸟平时有三万多只，最多时有六万多只。黄昏时分，百鸟归巢，遮天蔽日，景象蔚为壮观。”第一次来李中水上森林采风，广西作家喻红就有了认真而仔细的观察，被这种独特的自然生态深深吸引。

李白说，烟花三月下扬州。我要说，阳春三月看兴化。无论是“河有万湾多碧水，田无一垛不黄花”的千垛菜花景区，还是

“杉在水上，鹭在林中”的李中水上森林公园，每年的阳春三月，都会吸引成千上万的游客，赏美景，品美食，来一番惬意自得的兴化水乡生态休闲游。

那时节的千垛菜花景区也好，李中水上森林公园也罢，用“游人如织”，都不足以描绘其生动火热的情境。一拨接一拨的游人，有如潮水一般，涌入景区，他们为漂浮于水上的菜花而惊叹！他们为飞翔在翠绿林间的白鹭而感怀！他们更为眼前的自然生态而陶醉！真可谓金花盛开，游人如潮。

有一年，我兴致勃勃地带领着美国著名诗人 C.D. 赖特、斯洛文尼亚颇具影响力的诗人阿莱什·施蒂格、苏格兰作家约翰·伯恩赛德、牙买加诗人夸梅·道斯、澳大利亚诗人丽莎·林等十几位参加国际笔会的诗人、作家，来家乡垛田观光采风，国际友人们硬是被景区乌泱乌泱的游人吓停了脚步。但见新建的景区公路上，数公里长的各式车辆堵得水泄不通，真可谓寸步难行。同事戏言道，做梦也不曾想到，看千垛菜花，倒看到了一场超大规模的车展。

幸好的是，家乡的千垛菜花景观完全处于一种开放的状态，可近处细品，亦可远远观赏，同样能够感受到美的熏陶。就这样，一帮国际友人放弃了与千垛菜花零距离亲密接触，来了个远距离观照。

六

来到平旺湖，当然要尝一尝被称为“平旺湖八鲜”的八种淡水产品。分别为平旺湖的虎头鲨，昂嗤，鳊鱼，季花，甲鱼，黄鳝，青虾，螃蟹。这八种淡水产品，前六种为鱼类水产，后两种为特种水产。在前六种鱼类中，早先只有鳊鱼属养殖鱼种，其余皆为野生鱼。且容我费些笔墨，向读者诸君略作推介——

虎头鲨，一种小形体的野生鱼。著名作家汪曾祺这样描写虎头鲨:“这种鱼样子不好看而且有点凶恶。浑身紫褐色，有细碎黑斑，头大而多骨，鳍如蝶翅。”

虎头鲨，粗看，扁扁的嘴，大大的头。细看时，竟是一身灰黑色虎皮斑纹;其头，倒真有几分虎气。让我们这些乡里孩子感觉好笑的是，其徒有个“虎”名，并没有真正凶猛起来，反而落下个“呆子”的绰号，有点滑稽。在我们童年的印象里，“虎头呆子”，并没有汪先生所说的那么“凶恶”。

虎头鲨手感粗糙，其一身“呆”肉却极细嫩。做起汤来既鲜又白，且无丝卡，孩童也能尽情消受。据说，哺乳期的女人如缺奶水，食之可催奶。《随园食单》中对虎头鲨制作亦有介绍:“煎之，煮之，蒸之俱可。加腌芥做汤，做羹，尤鲜。”

虎头鲨一身顶金贵的，怕要数它的鳃肉了。每条虎头鲨只能取下两块，极小，呈扁圆状。虽说金贵，可讲究一些的，净用这鳃肉炒菜，炒三鲜，煨汤，其鲜，其嫩，无可比拟。这在故乡的乡间却是极方便的一道美肴。

昂嗤，最显著的特点有二：一是叫声，此鱼只要抓在手上，便会叫唤；二是脊背和头部偏下两侧的刺，称得上“锐利”一词，戳到人疼得很。

此鱼，正规称谓为：黄颡鱼。乡里人从来不予理会，除了昂嗤鱼的叫法，还有昂公、昂刺鱼、黄辣丁、黄姑子、黄沙古、黄角丁、刺黄股等一大堆俗名。读一读汪曾祺先生笔下的昂嗤鱼，读者诸君对此鱼便能有个大致了解。汪先生在文章中这样表述：

> 昂嗤鱼阔嘴有须，背黄腹白，无背鳍，背上有一根硬骨，捏住硬骨，它会“昂嗤昂嗤”地叫。过去也是氽汤，不放醋，汤白如牛乳。近年家乡兴起炒昂嗤鱼片，谓之“炒金银片”，亦佳。

在我的故乡有一道“菜花昂”的时令菜，颇能吸引食客。说是油菜花开的时节，捕捞上来的昂嗤鱼，最为肥美、鲜嫩。

说起鳊鱼，一个“扁”字，便能精准描述此鱼。称之为鳊鱼，名副其实。其形体之扁，在养殖鱼类中难有出其右者。此鱼头小，嘴小，在整体中所占比例完全可以忽略，这似乎在突出其身体的“扁”。此鱼的重点，全部在身体的中部，较高，面积也大，呈菱形，愈显其扁矣。我曾临水垂钓过此鱼，用面团或麦粒儿为饵最佳，需注意的是，用面团为饵时，饵的大小应与麦粒儿仿佛。其原因，不言自明。鳊鱼肉质鲜嫩，一年四季均为佳肴，故民间有

“春鲇夏鲤四季鳊”之说。

季花是鳜鱼的俗称。与上文鳊鱼的名称如此简单不同，季花的称谓颇为复杂。汪曾祺先生著文说，鳜鱼有些地方叫作“季花鱼”，如松花江畔的哈尔滨和我的家乡高邮。北京人则反过来读成“花季”。叫作“季花”是没有讲的。正字应写成“罽花”。

汪先生还言及小时候听老师讲张志和那一名句：“西塞山前白鹭飞，桃花流水鳜鱼肥”，就把“鳜鱼”读成“厥鱼”。他进而又说，现在很多饭馆都写成“桂鱼”。其实这是都可以的吧，写成“季花鱼”“桂鱼”，都无所谓，只要是那个东西。不过知道“罽花鱼”的由来，也不失为一件有趣的事。

季花在常见的淡水鱼中，属名贵鱼种。其肉质鲜嫩无比，汪先生这样赞美道：鳜鱼刺少，肉厚。蒜瓣肉。肉细，嫩，鲜。清蒸、干烧、糖醋、作松鼠鱼，皆妙。氽汤，汤白如牛乳，浓而不腻，远胜鸡汤鸭汤。我在淮安曾多次吃过干炸季花鱼。二尺多长的活治整鳜鱼入大锅滚油干炸，蘸椒盐，吃了令人咂舌。

甲鱼，学名称之为鳖。其俗名还有团鱼、圆鱼、水鱼，以及王八等。这当中，团鱼、圆鱼因形体得名，水鱼则更好解，甲鱼生存于水中，有此称，很正常。倒是这“王八”之谓颇费解。

细究下来，有这样三解：一是语出《史记·龟策列传》，记述了八种龟，其第八种龟名“王龟”，于是有了“八王龟”之说。久而久之，便衍生出“王八龟”。而龟鳖同类，这“王八”之名也就用到了甲鱼身上。二是语出“忘八端”，将“王八”喻指忘了孝、悌、忠、信、礼、义、廉、耻八种品德之人，这从清代史学家赵翼所著《陔余丛考》可以佐证。三是语出北宋欧阳修《新五代史》专著，有这样的记述："王建字光图，许州舞阳人也。隆眉广颡，状貌伟然。少无赖，以屠牛、盗驴、贩私盐为事，里人谓之贼王八。"

这里三处"王八"，皆为贬义。这似乎又不太合古之习俗。唐代诗人贾至有《巴陵夜别王八员外》一首："柳絮飞时别洛阳，梅花发后到三湘。世情已逐浮云散，离恨空随江水长。"

此诗写的便是谪守巴陵的贾至，为被贬长沙的"王八员外"送别，同病相怜的两个人，有一番怎样的离愁别绪，且不去管他们。从诗题中可以看出，这员外名号"王八"，似乎并不忌讳"王八"所含贬义。而无独有偶，杜甫也曾写过与贾至同题诗。以"王八"作为自己名号的看起来，不在少数。这似乎就是古人的一个排行习俗，姓王者，排行第八，名为"王八"，极其自然。看起来，其时，像"王八"这样的叫法，并不含贬义。想来，"王八"有贬义，始于"贼王八"。再有"王八蛋"之类骂人之语，似由"王八"产卵引申而来。

而甲鱼产卵，需在交配之后。性成熟的甲鱼，往往一次交配，多次产卵。其产卵多半在下半夜，所产卵均自己挖洞埋于沙土。区别甲鱼卵是否受精，有个小窍门，就是看卵壳上是否有不透明、呈乳白色的小圆点，有，则为受精卵。

李时珍在《本草纲目》中对甲鱼有较为详细的介绍：

鳖，甲虫也。水居陆生，穹脊连胁，与龟同类。四

> 缘有肉裙，故曰龟，甲里肉。鳖，肉里甲。无耳，以目为听。纯雌无雄，以蛇及鼋为匹。故《万毕术》云：烧鼋脂可以致鳖也。夏日孚乳，其抱以影。《埤雅》云：卵生思抱。其状随日影而转。在水中，上必有云：涸水之精制也。又畏蚊。生鳖遇蚊叮则死，死鳖得蚊煮则烂，而熏蚊者复用鳖甲。物相报复如此，异哉！《淮南子》曰：膏之杀鳖，类之不可推也。

这段描述中有这样的句子，“纯雌无雄，以蛇及鼋为匹”。说甲鱼只有雌的，没有雄的，只能与蛇、鼋之类交配，现在看来显然是错误的。就甲鱼而言，雌的体厚尾巴短，甲裙厚，肉肥，味最美；而公的则体薄尾巴长，甲裙亦薄，肉感要稍差一些。

有人将甲鱼的生活习性概括为“三喜三怕”：喜静怕惊，喜阳怕风，喜洁怕脏。甲鱼平常最喜欢做的一件事，就是“晒背”。风平浪静的河岸边，大白天经常能看到甲鱼，趴在向阳的堤岸边晒太阳，那般懒洋洋的，很是惬意。

故乡有一处叫“垛田”的所在，四面环水，形似小岛，上面设了公墓。早先，公家没号召火葬时，村子上人，生老病死，均上垛田。

一因环水，二因怕鬼，故而，垛田上少人迹，杂草丛生，野雀成群。那四周的沙滩地，便成了甲鱼繁衍生息的极好所在。

夏日里，三五个孩子拖了水桶，在河汊摸河蚌时，常常看到三三两两的甲鱼，懒洋洋的，浮水四望，也有安安稳稳蹲在坑里下蛋的。我们这帮孩子气不过，从桶里拿起摸来的河蚌，往河滩上砸，吓得晒背的甲鱼慌忙翻入水中，落荒而逃。这刻儿，河面上便会响起孩子们开心的大笑。我们虽然抓不到它们，但给它们来个恶作剧，心里头也是蛮爽的。

如今几十年过去，每逢清明，我几乎都会回老家祭祖。然，儿时的垛田依旧，四周河滩上，再也没有甲鱼出没了。

关于甲鱼烹饪之法，清人袁枚在《随园食单》中就有“生炒”“酱炒”“带骨”“青盐”“煨汤”“全壳”等多种做法，恕不一一介绍。

黄鳝，是故乡一带能见到的野生鱼中形体最长的了。如此，故乡人称黄鳝为长鱼，倒也贴切。此鱼，无鳞，形体特长，多钻淤泥生存，亦有洞居。

故乡人当然熟知长鱼之特性，或张，或逮，或钓，皆可得。张长鱼，则需要丫子，在稍后的沙沟“十八帮”的章节中，会有详细介绍，此处暂且略过。

说起逮长鱼，想到梁实秋有一自相矛盾的说法。梁先生在《雅舍谈吃》一书中提及，他小时候，家里的“鳝鱼是放在院中大水缸里的，鳝鱼一条条在水中直立，探头到水面吸空气，抓它很容易，手到擒来”。随后又说，“因为它黏，所以要用抹布裹着它才能抓得牢”。

“手到擒来”，说明易捉。而“用抹布裹着它才能抓得牢”，则说明不易捉。岂不自相矛盾？其实，这逮长鱼，还真是个技术活儿，正所谓，会者不难，难者不会。而对于我们这些土生土长的农村孩子来说，逮长鱼，没有什么费难的，均在行得很。

夏夜，三五个孩子成了帮，提了铅桶之类，点了醮满柴油的火把，在秧田间的小道上徐行，红红的火把下，偶见田中有长鱼，伸头出水，仰身朝天，浑身黄黄的。这当儿，只需悄悄蹲下伸出中指，插入水中，贴近长鱼时，猛用劲一锁，长鱼便锁住了。

夜间的长鱼，似眠非眠，体内乏力，多沿秧田田埂缓行，一旦受惊则猛窜，想逮，则难矣。乡里孩子大多都有一手“锁”长鱼的功夫。一夜下来，逮个五六斤，不费难。

钓长鱼，其工具多半为一根长长的铁丝，一端弯成钩状，用蚯蚓作饵，伸至判定好的洞穴之中，轻轻抖动，引诱长鱼上钩。从洞穴中钓出的长鱼，形体较张或逮的，都要大。拿到城里去卖，价钱要贵。

那时节，长鱼倒是便宜，五六毛钱一斤。农村人，自家孩子张的，逮的，要吃了，从小水缸里捞出几条来，划了与韭菜爆炒，挺下饭的。

说到长鱼与肉红烧，那是城里现时的吃法，叫大烧马鞍桥。这是一道淮扬菜中的名菜，乡里人见得不多，以为是现时的时兴菜，其实不然。在乡里人看来，既吃鱼又吃肉，太浪费；鱼和肉在一起煮，需慢煨才行，费工夫。不如韭菜炒长鱼，下锅爆炒几铲子，片刻就好。好了往饭碗上一堆，带上饭碗就能下地。农民的时光，哪能浪费在锅台上、饭桌上呢？

至于梁实秋先生所写黄鳝入菜的种种做法，则沾了一个“雅”字，乡里极少见。不过，他倒是带着极强的个人色彩来谈的。感觉得到，梁先生对“炒鳝糊”没太多好感，甚至有些不以为然。在他看来，煮熟的黄鳝“已经十分油腻”，再“浇上一股子沸开的油”，似乎没什么必要。而“大量笋丝茭白丝之类，有喧宾夺主之势”，不满之情绪十分明了。于是乎，“就不能不令人怀念生炒鳝鱼丝了”。

看得出来，梁实秋先生对这道“生炒鳝鱼丝”的介绍，完全是喜形于色了——

> 我最欣赏的是生炒鳝鱼丝。鳝鱼切丝，一两寸长，猪油旺火爆炒，加进少许芫荽，另盐，不须其他任何配料。这样炒出来的鳝鱼，肉是白的，微有脆意，极可口，不失鳝鱼本味。

当然，梁先生对淮扬一带的“炝虎尾”也给予了认可：

> 淮扬馆子也善作鳝鱼，其中“炝虎尾”一色极为佳美。把鳝鱼切成四五寸长的宽条，像老虎尾巴一样，上略宽，下尖细，如果全是截自鳝鱼尾巴，则更妙。以沸汤煮熟之后即捞起，一条条在碗内排列整齐，浇上预先备好麻油酱油料酒的汤汁，冷却后，再洒上大量的捣碎了的蒜（不是蒜泥）。宜冷食。样子有一点吓人，但是味美。

如今，梁先生所列举的黄鳝的一些做法，城里的酒店多半都已列入菜单。唯有这炝虎尾，至今无缘得以一见。

虾子，在乡间孩子眼里，是位了不起的游泳健将。村庄水桩码头上，来人淘米了，乳白的水浆，一漾一漾的，引了许多小鱼小虾来。这当中，小虾米游泳的模样最逗人。但见那些虾，张爪、舞须，划动着尾肢，盘水桩而游。偶遇阻拦，尾翼一缩，弓身，蹦得远远的，颇为矫健。

虾子，喜借水草藏身。用“趟网子”在河汊里趟螺螺时，在水草多的地方下网子，便能趟到虾子。虾子上岸离水之后，蹦个不停。这种虾，多半是草虾，淡黑色的壳子，以脊背处色最深。草虾，不及白米虾。小时候听家里大人讲，多吃几次活虾，长水性，会游泳。乡里孩子，学游泳的时候，吃过的多半是白米虾。

梁实秋曾著文对虾有过一番详细的描述。他写道——

> 虾，种类繁多。《尔雅翼》所记：“闽中五色虾，长尺余，具五色。梅虾，梅雨时有之。芦虾，青色，相传芦苇所变。泥虾，稻花变成，多在泥田中。又虾姑，状如蜈蚣，一名管虾。”芦苇稻花会变虾，当然是神话。

他接着说，“据闻有人吃活虾，不慎，虾一跃而戳到喉咙里，几致丧生”。这在我们那里，肯定会认为是笑谈。我们小时候，几乎所有孩子都生吃过虾，从未有什么意外发生过。梁先生是否“耸人听闻”呢？这也罢了，梁先生笔锋一转，来了句，“生吃活虾不算稀奇，我还看见过有人生吃活螃蟹呢”！真是可爱至极。

想来，怕是受这种生吃虾的启发，在故乡一带，呛虾的吃法颇为流行。家中请客，不一定有炒虾子，不一定有糖醋虾，不一定有炒虾仁，然，少不了呛虾。

呛虾，对虾的选择颇为讲究：一是须活，最好为无子虾；二是个头要匀，过大、过小，均不行。将活蹦乱跳的虾子，剪去须爪，洗汰干净，装入器皿，加适量白酒来呛。看好一段时辰，酒渐入虾体内，之后，便可加酱油、生姜、麻油之类配好的佐料，即可食用矣。这倒是下酒的好菜。讲究的人家，在佐料中加些豆腐卤汁，便可做成卤呛虾，那味道更是鲜美。

吃呛虾，颇多技巧。毫无经验的外来客人，初到兴化，席间见此菜，不知如何吃法，将虾子整吞的，有；将虾子嚼得烂碎，再慢慢吐壳子的，也有。其实，吃呛虾，虾子头部全然不去管它，只需双齿抿着虾身子，用劲一挤，用齿尖舔出虾肉，留在嘴里。剩下的，便是一只完整的虾壳，猛一看，似未曾动过一般。一只一只在餐桌上堆放齐整，倒让人体味出一种绅士风范。吃呛虾，真可算得上当地人的一绝。

螃蟹，形体近乎椭圆，两侧长有八爪二螯，均匀分布；再配上一副颇坚硬的躯壳，活脱脱一介武夫。稍有动静，便高举双螯，张开，摆出一副好斗的架势，八爪迅疾动作，霸道横行。那模样，很是“张狂”。

早先，故乡农村，螃蟹特多，河汊、水渠里，均有螃蟹踪迹。河堤边、渠堤边的蟹洞，多半在水底下。择好洞口，便可用蟹钩子试探。蟹钩子多用粗铁丝自制而成，造型极简，留个长长的柄，一头做成弯钩，较短。掏蟹时，将弯钩伸入洞内，凭手感而断。若是有明显阻碍，且吱吱作响，便是洞内有蟹。蟹钩点到为止，一般不宜硬钩。洞内的蟹，知道情形不妙，便会惊慌出逃。这时，掏蟹人可在洞口张了双手等蟹上钩。掏蟹人动作要快，手形要好，方可逮到出洞之蟹。否则，蟹或是从你掌心溜走，或是缩进洞内，再想掏出来，颇难。

蟹爬起来颇快，故装蟹一般不用桶，多用网袋。蟹进得网袋，难爬。更常见的，则是带根麻绳，逮来的蟹，一只一只扣扎起来，一串一串地拎回家中，也有在半途中做成买卖的。

我很小就到村外上学，从家里到学校，要走过几条长长的沟渠。在这样的沟渠上走着，多半是一个人独来独往，了无生趣，无聊得很。但要是盛夏时节，情形就大不一样矣。

除了书包之外，我的手中便会多出一根麻绳，一柄蟹钩子。上学，往学校去时，只要提早些上路，下到漕沟之中，手摸钩掏，一只一只张螯舞爪的螃蟹，便从淤泥中，从洞穴中，捉拿到手，用那麻绳从蟹爪中间处扣扎，一只蟹扎一道扣，依此类推，形成叠罗汉的造型。半程捉它个十来只，没有问题的。下学，返回时，再如法炮制，跨进家门槛时，一串肥蟹便带回来也。

细心的读者，兴许会问，你进课堂听课时，蟹如何搁置呢？这在城里孩子想来，肯定愁煞人啰。其实，我们的办法极简便，一根小钉子，钉在课桌腿内侧，拴了蟹的麻绳，打扣挂上即可。当然，也会有蟹吐沫嗤嗤嗤的声响。因其声甚小，对听课效果影响不大。

想来，那时候没有现在这么讲究课堂纪律，螃蟹的那点儿声响算不得什么噪声。这里，还要悄悄告诉读者朋友，我们这些鬼精的调皮王，不只是掏蟹这一样，取鱼摸虾采河蚌，哪样不干？当然要把班上的老师们搞定。好在，这些蟹虾之类，那时候也不值钱，送给自己的老师，当然很是乐意。

清煮之后的螃蟹，剥开，剔下蟹黄、蟹肉，与豆腐一起，做成一道蟹黄豆腐，趁热品尝，那味道甚是鲜美。较为客气的人家，便有一道清煮螃蟹，备了醋姜碟子，边沾边吃。

清煮螃蟹，讲究的均上团脐的。团脐为母，长脐为公。团脐多蟹黄，只要蟹壳一剥开，便可见满壳蟹黄，很是诱人。

梁实秋曾有言云："有蟹无酒，那是大煞风景的事。"并以《晋书·毕卓传》："右手持酒杯，左手持蟹螯，拍浮酒船中，便足了一生矣！"用以佐证有酒之重要。

梁先生大概代表了多数"士人"的想法。普通民众品尝螃蟹，有酒可品，无酒亦可品。对于一部分并不嗜酒者，酒倒干扰了自己的味蕾，影响了对蟹肉鲜美的判定与体味。

稻黄蟹肥，如今是稻黄蟹贵。蟹贵，故乡便大面积养殖起螃蟹来了，什么红膏大闸蟹，什么板桥大闸蟹，都走上了品牌化经营之路。只不过，这些蟹，一贩再贩，之后贩往全国各地，焉能不贵?!

在我们孩提时的记忆里，农家煮蟹，时常是用脸盆装的。这样的情形，再难见矣。

七

说完了“平旺湖八鲜”，不得不腾出些笔墨来说一说沙沟古镇的“十八帮”。当地民谣有云：

金沙沟，

银时堡，

中堡的银子通担挑。

地处里下河腹地的沙沟，完全称得上是一座湖荡里的古镇。其发源地为古射阳湖中一座小岛。据传，春秋战国时期，渔业祖师范蠡辞官后曾隐居此岛，完成了世界上第一部养鱼专著《养鱼经》，并传授当地渔民拦簖捕鱼之法。“授人以鱼，不如授人以渔”的典故流传甚广。

在沙沟镇西部，有一处与孙犁先生笔下白洋淀相仿佛的所在。与白洋淀名之大气不同，这一所在却有个脂粉气十足的称谓：花粉荡。

湖荡之气质，与那些草莽英雄天然相亲近。在荡前冠以“花粉”二字，呈现出别样意韵，实在是别出心裁。相传，花粉荡乃吾邑先贤，明朝宰相高谷，给女儿的陪嫁。其用意十分明了，日后荡之所产，可资女儿日常胭脂花粉之需。我认为，这样的传说，不足信。试想，宰相之女的胭脂花粉之开销，怎么可能要从一处湖荡里产出呢?

然而，正是这花粉荡，在其后漫长岁月里，滋生出了赫赫有名的沙沟捕鱼“十八帮”。

临水而居的沙沟人，对花粉荡充满了依恋。花粉荡，养育着一代又一代沙沟人。这里是沙沟人祖祖辈辈的生存之源。他们对花粉荡的水性是了解的，他们对花粉荡里的鱼群及虾兵蟹将是了解的。

但见，扎着各式花头巾的女人们端坐于暖阳里，棉线、丝线经她们的纤纤玉手，往来穿梭，于是乎，各式鱼罾，各种渔网，便会魔术般地从她们手中出现；赤裸着古铜色健硕臂膀的男人们，手握木桩、竹条、篾片，经过斧劈、刀削、手编等工序，于是乎，篦篰、花罩、隔簖等一件件精致的捕鱼器具，神奇成形。

基于此，不同的捕鱼方式应运而生。用工具的，逐渐形成了篦篰帮、卡帮、齿罩帮、簖帮、大钩帮、龙罩帮；用网的，形成了大网帮、丝网帮、捣网帮、罾帮、舀网帮、旋网帮；专门捕虾的虾笼帮，专捕黄鳝的鳝鱼帮；用老鸦捕鱼的老鸦帮，用叉的捣叉帮；甚至还有徒手捉鱼的摸鱼帮，对于会飞的野鸡、野鸭之类，则有枪帮。

现从中择其二三，略作介绍。篦篰帮，为“十八帮”之首帮。主要捕具有篦篰、花罩、崩钩、柴钩、小索，部分渔船上还配有大钩。春季拉小索，小索用粗草绳制成。花罩与小索配合，极有威力，可拉捕多个品种的鱼。

夏秋之际，张崩钩，以活小鱼为诱饵，专张捕黑鱼。如若在草滩边发现黑鱼窝，则可用花罩罩取护窝的黑鱼。这黑鱼，很是恩爱，护窝时，定然是公母一对，相互守候。

张柴钩，仍以活小鱼为饵，主要张捕鳗鱼。冬季则打篦簖。篦簖，用毛竹篾片手工制作而成。通常几只篦簖船，甚至更多的船只一起，把篦簖下在水滩上，围篦簖而成圈。当然是圈子越大越好。道理很是简单，圈子越大，圈内存鱼则可能越多。之后，从外围敲响挡板，配以竹篙捣赶，让鱼儿进篦簖圈。进篦簖后的鱼儿，只能听凭渔民处置矣。

卡帮，顾名思义，其捕捞工具主要是“卡”，有大卡、小卡之分。精心制作而成的U形卡，用细竹枝弯成。再用短丝线，拴在棉线做成的主线上。卡在主线上的间距，三四尺不等。值得注意的是，一旦定下间距，须均匀分布。每个卡口均需套上一小节一小节的芦柴青子。诱饵，便是放置在卡口间的。诱饵放置完毕，便可划船到指定水面，张卡。鱼儿在水中吞食诱饵时，U形卡便会弹出，绷住鱼嘴而逃脱不得。

卡的计量单位，为盘。每盘卡有一千六百余个卡头，每条渔船上存卡量在三至四盘。一船卡可放六至九里水路。张卡，适宜在春秋时节。多半是傍晚时分放卡，子夜收卡。大卡一般捕鲤鱼，小卡常捕鲫鱼。虽然我不是渔民，但小时候也常张卡。只不过，所张的量极小，够不上一盘。张卡的地点，也不在河面，多半是在农田间的漕沟。家乡多沤田的那会子，鱼真的很多。

除了卡帮，还有长鱼帮、老鸦帮和摸鱼帮，都是我所熟悉的。长鱼帮，也叫黄鳝帮。当地人将黄鳝叫作长鱼，故有此名。捕捉长鱼，多用一种叫“丫子”的器具。丫子之命名，从其形状上来，近乎“人”字形。多半为芦柴篾子制作而成，考究的也有竹篾子做的。丫子长的部分叫丫身，一般两尺左右；丫子短的部分叫丫头，长尺余，有丫帽。在丫身内插上串有蚯蚓的长竹签，便可张长鱼矣。

傍晚时分，将丫子张到河沟或秧田里，翌日清晨去收。只要丫子张得得法，位置理想，提丫出水时，丫内必定有活蹦乱跳的大黄鳝，有时不止一条。

此处所谓张得得法，是指张丫子时，先要理好一臂长左右的田埂，之后，将丫身淹水埋下，用淤泥在丫身两端围成喇叭形，丫头则稍稍翘出水面。值得注意的是，丫身两端，不宜淹水过深，深了无长鱼进去。但也不宜过浅，如若筒口露出水面，则有可能进水蛇。所谓位置理想，那是有秘诀的：“冬张凸壁夏张凹。”

我在很小的时候就用草绳兜起十来只丫子，背在身后，到生产队的秧田里张丫子了。因此上，我知道，丫子的“机关”在丫须的倒刺上。丫身两端插有有倒刺的丫须，长鱼顺刺易入，逆刺难出。

老鸦帮，捕鱼当然是靠老鸦。老鸦，正正规规应该叫鸬鹚，或者鱼鹰。黑羽，有绿色光泽。老鸦厉害的是眼睛和嘴。老鸦在水下看得依然清清楚楚，不像人潜水得用潜水镜。老鸦的嘴长且尖，嘴的尖端有钩，捕至口中的鱼，想逃脱便难矣。老鸦颔下有小喉囊，捕鱼时，主人便会在此处套上皮圈，抑或扎上绳子，以存鱼，防止捕获之鱼被老鸦直接吞下肚子。

放老鸦，是我们乡里孩子常见到的。被驯化后的老鸦，常立在船舷两侧。渔民划着渔船，到选定水域将老鸦放出。只见老鸦们一会儿钻入，一会儿钻出，在水面上很是忙碌。一旦捕到鱼，便邀功似的，嘎嘎向主人鸣叫，之后被挑到船上，渔民将其嘴里的鱼取出，再放其下水。有时也会扔给老鸦几条小鱼，以示奖赏。

摸鱼帮，值得说的地方不多。其主要工具，就是摸鱼者的一双手。当然，摸鱼用的鱼裤、鱼篓和哨棒等装备，是必不可少的。说是鱼裤，其实是上下身连体的，当地人叫鱼裟。摸鱼者，靠的是长年累月积累起来的摸鱼经验。我们那里称摸鱼的为“摸鱼鬼子”，意思是说其鬼精鬼精的。这类人物，练就一双鱼鹰眼，能看善断，择塘下水，绝不会无功而返。

八

得胜湖在故乡五湖八荡中之所以重要，是因为它与一部伟大小说的诞生有着千丝万缕的联系。

南宋绍兴元年（1131 年）三月，兴化渔民张荣与孟威、贾虎、郑握在梁山义军首领宋江遇害后，组织义军余部抗击金兵，并辗转进入兴化境内的缩头湖，安营扎寨，自称“水浒寨”。

为应对来犯金兵，张荣率领义军利用缩头湖做起了御敌文章。一时间，芦苇丛生、湖汉交错的湖荡里，数以千计的暗桩密布，一个水中“八卦阵”，在湖下不显山不露水，悄然成阵。

果不其然，骄横跋扈的金兵进入缩头湖中，如同进入迷宫一般，没打上几回遭遇战，很快就处处受阻，组织不起有效进攻，只落得被动挨打之下场。

这一仗，张荣所率义军，不仅击退了金兵主帅，金穆宗之子完颜昌之进攻，而且歼灭、俘虏驸马胡芦巴部、主帅完颜昌胞弟破辣叔部上万人，缴获大小船只和战略物资无数，狠狠打击了金兵的嚣张气焰，成功将金兵赶出了江淮。

此战，《宋史》有载，名曰“缩头湖之战”，又称“得胜湖大捷”。战后，缩头湖有了一个更响亮的名字——得胜湖，一直延续至今。张荣也因此战大胜，被委任为泰州知州，并总摄兴化县事。

吾邑先贤施耐庵，在创作其皇皇巨著《水浒传》时，将张荣等英雄好汉请到自己笔下，成为浪里白条张顺、阮小二、阮小五和阮小七等水上英雄的原型，和《水浒传》一起名扬天下，流芳百世。

得胜湖，一战得名。然，在此湖上发生的战事，可不止一次。它成了被义士鲜血染红的湖。

元至正十三年（1353 年）正月，元末明初群雄之一的张士诚，在界牌头十五里庙中举起反元大旗，十八条扁担起义之传奇，威震八方。他率领义军，沿水路进军戴家窑，克兴化城，结寨得胜湖。

张士诚率部在湖中训练水师，积极备战。面对元淮西行省平章政事福寿数千官兵的围剿，张士诚凭借得胜湖地理优势，一举将其粉碎。其后的同年五月，元将纳速剌丁率大批元军来犯，张士诚再度率领义军与之在得胜湖激战。翌年，义军与元军统帅董抟霄部再战得胜湖，湖面为鲜血染红，足见战况之惨烈。这一切，被追随张士诚，梦想成就一番伟业的施耐庵所记取。成为吴王之后的张士诚，尽管后来败给了朱元璋，但他仍被施耐庵塑造成了《水浒传》中的一位盖世英雄。

张荣、张士诚等人抗金反元的英雄壮举，更是引发了吾邑先贤、著名经学家任大椿先生无限慨叹：

湖阔草根白，
客泪洒天表。
大厦已不支，
胜败勿复较。
月照将军心，
松风挟秋到。
平湖不听天，
气候皆自造。
低星避弱水，
查竟寒上草。

沧海桑田，岁月变迁。经历血雨腥风的得胜湖，终于走进了和平与安宁。得胜湖，碧波荡漾，鱼翔浅底；苇草丰茂，群鸟啾啾；蓝天白云，东风浩荡；舟楫穿梭，渔歌唱晚。

曾几何时，人们似乎不再满足于如此的自然生态。于是乎，大力度进行养殖开发，得胜湖在养殖开发这把巨型手术刀下，被肢解成一条条、一块块，一条条的是圩埂，一块块的是鱼塘。据我所知，里下河一带的湖荡，大多没能逃得掉养殖开发之命运。

人们从得胜湖自然生态改变中当然也获得了鱼虾等水产品的丰收，有了一个经济来源。然而，毫无节制的养殖、开发，也带来了人们不想看到的恶果：水系通道不畅，水质明显恶化，生态环境退化，生物多样性遭到破坏。

对此，地方主政者痛定思痛，做出一番痛苦的抉择之后，只得舍弃人们已经尝到的甜头，全面启动退渔还湖工程。于是乎，湖中圩埂得以清除，水系通道得以畅通，得胜湖自然生态得以修复。几年过去，沙鸥点点，荻港萧萧，板桥先生对得胜湖秋景之描绘，在现实中得以呈现——

……

沙鸥点点轻波远，

荻港萧萧白昼寒。

高歌一曲斜阳晚，

一霎时，波摇金影，

蓦抬头，月上东山。

（2022年5月16—30日于海陵莲花）

食　事

众所周知，一个地区有一个地区特有之美食，亦有着围绕那些美食所展开之食事，芳香四溢，饱含风情。

在我所生活的泰州地区，其民间美食，一直流传着“三鲜”之说。所谓“土三鲜”，竹笋、蒜苗、青蚕豆；所谓“树三鲜”，枸杞头、香椿头、银杏果；所谓“水三鲜”，河蚌、螺蛳、蚬子；所谓“河三鲜”，鳊鱼、白丝鱼、鲤鱼，抑或青虾、螃蟹、甲鱼；所谓“江三鲜”，刀鱼、鲴鱼、鲥鱼。此分类，也只是从食材方面，点及泰州民间美食的重要原料，自然会衍生出泰州民间美食中风味独特的食事。本文仅选取几道上过《舌尖上的中国》专栏的美食，稍作介绍。

沙沟大鱼圆

“古镇应该给写过它的人颁发奖章。用不起金，也用不起银，要用就用一颗沙沟大鱼圆吧。请不要说我不敬，其实你说了我也不承认——古镇最能够拿出手的是大鱼圆，最好吃的也是大鱼圆。如果不用大鱼圆做奖章，似乎说不过去。事实上，根本也不需要比赛，论鱼圆之美味，沙沟鱼圆天下第一，或者，是并列第一。只是那并列第一的，到今天还没有出现呢。沙沟鱼姓的多（应该是沙沟的原住民），会做鱼圆的多，还有，湖里的鱼太多了。刚刚出锅的在青花瓷盆中颤动不已的大鱼圆啊，如枇杷一样新鲜！”

这是曾在兴化沙沟一所中学教过几年书的，与我有同乡同校之谊的作家庞余亮，在他的一篇散文《沙沟古镇的秘密生活》里对沙沟大鱼圆的叙述。不难看出，他对沙沟大鱼圆是何等的推崇。

曾经有一年，在我主持策划的一次全国性文学研讨会期间，就曾邀请几十位来自全国多地的作家、评论家、教授、学者同游沙沟古镇，当街品尝过刚出锅的大鱼圆。看着油锅里漂浮着的鱼圆，在店家漏勺的搅动之下，变戏法似的，渐渐膨胀起来，最终似一只只乒乓球，雪白而滚圆，挤满一锅。待热气腾腾的鱼圆甫一出锅，那股鲜香扑鼻而来。深深吸口气，才知道什么叫沁人心脾。好家伙，一群原本斯文高雅之人，价都不询，用鱼扁旁备着的牙签，戳起大鱼圆，张口就咬，烫得嘴里咝咝的，也不肯停下。一群人大快朵颐之后，有人意欲付账，哪知店家知道了大伙儿身份，笑笑说，请你们远道而来的贵客吃几个鱼圆，那还是请得起的，不用付账！要是你们觉得好，动动你们的生花妙笔，在你们的文章里带上一笔，那就万分感谢啦！你们写了也不掉价，央视的《舌尖上的中国》还专门来拍摄过的！店家这番话一出，满脸的得意。

你还别说，这沙沟大鱼圆，不仅是今天的文人们对它情有独钟，就连吾邑先贤有“诗书画三绝”美誉的板桥先生，对它也是称赞有加。有诗为证：

作宦山东十二年，
不知溪上青鱼鲜。
今朝尝得君家味，
一只鱼圆值万钱。

这首诗，是板桥先生当年在沙沟桂家庄坐馆时写下的，可见当时先生对沙沟大鱼圆的色香味也是十分认可。

沙沟大鱼圆名头如此之响，据说跟康熙爷有关。事情发生在三百多年前三月的一天，沙沟巡检司官员奉命迎驾第四次南巡后的康熙皇帝。在为康熙皇帝准备的菜肴中，就有一道方腊子菜馆加工的沙沟大鱼圆。

这沙沟大鱼圆，外皮微黄似金，内肉雪白如银，让康熙爷胃口大开，一连吃了好几个。品尝之后，原本十分挑剔的康熙皇帝，竟然喜形于色，对大鱼圆赞不绝口。从此，沙沟大鱼圆名头越来越响，被皇家列为御宴必备之贡品。不仅如此，一批兴化名厨被应召入宫，变成了皇家御厨。而在康熙七十大寿的万寿节晚宴上，赴宴者逾千人，沙沟大鱼圆更是从众多精之又精的菜品中脱颖而出，赢得了满堂彩。

沙沟大鱼圆所需原料以当地湖泊之中所产白丝鱼、青鱼、草鲲三类鱼为主。制作相当讲究。将所选之活鱼宰杀、洗净，之后剔除鱼皮、鱼骨、鱼刺，取其精肉，置于砧板之上，人工刣而取茸。

取茸时，操作者多半使用双刀，刀频极快。每刣一阵之后，便会用刀刮取一层鱼茸，之后再刣，再刮。如此循环往复的操作，直至砧板上只剩下鱼皮、鱼骨之类。鱼茸制成之后，装入体量合适的瓷盆中，配以姜葱、淀粉、精盐等，经人工搅拌成糊状。搅拌的过程，在鱼圆的制作工序中极为重要。这当中，盐和水的比例至关重要。水既不能多，也不能少。水多，则鱼圆难以成形，易散；水少，则鱼圆会老，口感便次。搅拌，全凭师傅手上的功夫，多从实际操作中得来。鱼茸之稠度，由师傅手感而定，纯粹是一种感觉。曾几何时，一首《跟着感觉走》流传极广。也有些人对此歌很不以为然，怎么能跟着感觉走呢?！其实，有的时候，要的就是感觉。回到鱼茸的搅拌上来，这鱼茸搅拌不成功，不仅鱼圆做不成，弃之喂狗，狗都不会张口。

鱼茸搅拌成功之后，可用汤勺剜取，放入事先预热好的油锅之中煎炸。这里有两个细节值得注意：第一，汤勺剜取鱼茸时，每一次的分量要大体一致。这样一来，鱼茸从汤勺滚入油锅之中，成形的鱼圆个头相同，外形圆溜。要知道，食品的外形是否让食客看着舒服、顺眼，有一个良好的第一印象，对能否引起食客之食欲，赢得好口碑很是重要。第二，煎炸鱼圆的油锅，其火温的掌控要得当。鱼圆刚剜进油锅时，火势宜大，以便鱼圆快速成形，之后则应用文火慢煎，至成熟方可用漏勺捞出，滗油，晾干。

上得餐桌的沙沟大鱼圆是否正宗，明眼人一望便知。这里面也有诀窍，主要是三看：一看鱼圆漂在汤碗里是不是滴溜儿圆，二看鱼圆夹在筷子上是不是呈椭圆，三看鱼圆盛到碟子内是不是变扁圆。食客如果能看到鱼圆的三种形体变化，则说明其品质与沙沟大鱼圆完全一致，其柔韧、鲜活显露无遗。再辅观其个头大小是否匀称，色泽是否微黄，肉色是否雪白，便能完完全全作出一个正确之判定也。

烹制沙沟大鱼圆，需用上等高汤，配以笋片、木耳、蘑菇、慈姑片之类辅料，做成一道蔬烩鱼圆，定然是汤汁鲜，鱼圆嫩，辅料脆，令人垂涎，不忍丢箸。

如今的沙沟大鱼圆，已经进入了“中国名菜大典”，成为维扬菜系中一道独具特色的精品。其食客，早已遍及大江南北。

溱潼鱼饼虾球

到过国家5A级景区溱湖湿地公园的朋友，一定会知道每年清明节期间举办的溱潼会船节，那可是被列为国家十大民间节庆品牌的一个重要庆典。那是怎样的壮阔、怎样的激荡呢？有诗为证——

溱潼湖里水如天，
三面村庄但水田。

只有湖东无屋宇，
人家尽住打鱼船。

下河村落自为邻，
惯使舟船气力振。
团练若成皆劲旅，
请看篙子会中人。

而不论你是到了溱湖湿地公园，还是到了溱潼古镇，你一定要亲口品尝一下溱湖八鲜，否则，你的溱湖之行必定存在大大的缺憾。

而如果你品尝过溱湖八鲜的话，那你一定不会忘记溱潼的鱼饼、虾球。这溱潼的鱼饼、虾球，据美食家品来，鲜嫩而柔韧，饱满而不腻，难怪被称为“溱湖双璧”。

溱潼盛产鱼饼、虾球之美味，在很大程度上，得益于溱潼地处长江水系与淮河水系交汇，而生成的特殊的淡水水质；得益于在这样一个特殊水体之中，产出了原生态的“水八鲜”。特别是水八鲜中的白丝鱼、青鱼和青虾，更是制作溱潼鱼饼、虾球所需之上好原料。

溱潼鱼饼所用之料，以白丝鱼为上品，青鱼次之，草鲲再次之。制作时，需将鱼洗净，剖腹去除内脏，剥皮去除骨刺，切成小块状，放入净水浸泡去除鱼之血腥味。之后，便是手工刀刮。做鱼饼的师傅，通常是两把刀，左右开弓，在砧板上笃笃笃地不停刮，挥刀的频率极快。这时，不仅考验师傅的刀功，还要考验师傅的臂力。这鱼肉是刮得愈细腻愈好。每次只能用刀刮取砧板上鱼肉上面成茸泥的部分，之后再不停地刮，到一定程度再行提取，直至砧板上只剩下鱼刺筋骨，便可弃之。

刮好的鱼茸放置干净的盆中或桶中，加入事先准备好的姜汁、葱汁、料酒、蛋清、菱粉等辅料，再加入适量的盐和水，调成糊状，用手搅拌。这搅拌鱼茸，可是个纯粹的技术活儿，浓稠稀薄，全凭手感，随时作出判断。搅拌成黏稠状，则需加大力度，促其收膏、上劲。这时，判断搅拌得是否到家，有一个标准：舸一小勺鱼茸，放到净水中，观其在水中的状态，如若浮起于水中，则可烙制。反之，则功夫尚未到家。据说，这搅拌鱼茸，是讲究一次成功的，搅拌不成的料，弃之喂狗都不吃的。在这一点上，倒是和沙沟大鱼圆制作过程中的要点相仿佛。说起来，这鱼圆、鱼饼，确有共通之处，技术要领相通并不奇怪。

烙制鱼饼时，以用平板锅为宜，易于操作。先将锅预热，用少许熟猪油润锅，之后便可做鱼饼了。将搅拌好的鱼茸通过手掌的挤压，使其成饼状，贴于锅底，用文火慢烙，并不时翻动，不让鱼饼起硬壳，也不让鱼饼起焦黄色。烙制好的溱潼鱼饼，讲究的是外表呈嫩黄色，咬开后雪白粉嫩，既柔且韧。其味道的鲜美，自不必赘言矣。

虾球的制作与鱼饼的制作有异曲同工之处，只是虾球的制作的量通常要比鱼饼小，因而在搅拌这道工序上的难度要低。鱼饼制作时，用料量大，搅拌相比较做虾球，则更费时费力。做虾球时，一次成茸的量远小于鱼茸，因此搅拌起来要轻松许多。当然，从技术层面看，搅拌的难度相差无几，手感特别重要。当然，虾的“格”原本就高于鱼，因而制成虾球之后，其成品的“格”较鱼饼则更高。

溱潼虾球的制作，其原料主要是鲜活的青虾。青虾挤成虾仁之后，人工刀刮成虾茸泥，加入事先刮好的二成肥膘茸泥，再配以姜汁、葱汁、料酒、蛋清、菱粉等辅料，兑入净水并调成糊状，进行搅拌，最后加盐促其收膏、上劲。

煎炸虾球时，要掌握好油锅的温度和虾球本身的火候，油锅的温度既不能过高，也不能过低。温度过高，则虾球老，食用时口感就差；温度过低，则虾球开裂，不能成球。至于虾球自身的火候，则有一个衡量标志，虾球悬浮于煎锅之清油之上，则说明虾球可捞出。否则，仍需煎炸。

溱潼鱼饼、虾球烹制菜肴的方法颇为繁多。鱼饼最常见的做法是，将鱼饼切成块状，和笋片、木耳、鸡肉丝、肴肉片、鹌鹑蛋等辅助材料一起，加入上好的鸡汤，配适量蟹黄油烹之，适时再加入青菜心、河虾进行点缀，起锅时但见鱼饼白，青菜碧，河虾红。这道蟹油鱼饼，占全了“色、香、味”三字，自然鲜美可口，诱人食欲。

虾球的烹制方法，和鱼饼的做法颇为类似。只是配料从简，有少许笋片、木耳即可，多用熟猪油烹制，起锅时加少许莴苣丝儿、豌豆头儿之类嫩绿蔬菜，调色调味，让这道蔬烧虾球色彩对比鲜明，口感肥而不腻。而那色泽微黄、圆韵如珠的虾球，在众多绿色的映衬之下，更加催人动箸矣。

坦率说，溱潼的鱼饼、虾球，再美味好吃，毕竟是传统的民间工艺，至今市场推广的力度还是十分有限。你要想品尝到溱潼的鱼饼、虾球，只有请你到溱潼来了，否则难以如愿噢！

靖江蟹黄汤包

“轻轻提，慢慢移，先开窗，后喝汤。”此乃食用靖江蟹黄汤包之诀窍。在靖江地区流传自然广泛，可谓是妇孺皆知。

靖江蟹黄汤包，不用介绍其美食特点，单就品名上听来，便会让人垂涎。然，这道美食美则美，如果不能掌握上述四句话的诀窍，的确难以吃到嘴里去。为吃这靖江蟹黄汤包，从古至今不知闹出了多少笑话，留下了多少笑谈，成为人们茶余饭后的谈资。这当中，乾隆吃汤包出洋相，不妨一说。

说是乾隆皇帝南巡经过扬州，当时的靖江知县马兆鳌得知这一消息后，便通过在扬州当知府的姐夫，让乾隆皇帝转至靖江再下江南。在其他人看来几乎是不可能的事，居然让这个马知县给办成了。无怪乎人们常言，朝中无人莫做官。明眼人都知道，乾隆皇帝能改道靖江，并非马知县之功，实在是其姐父扬州知府发挥了关键性作用。

据说，乾隆皇帝改道靖江第一站是停留在孤山临时驿馆，当晚马知县请乾隆品尝了靖江特产芦场港的螃蟹。乾隆品尝着肉质细嫩、八爪如玉的芦场港蟹，很快被其鲜美的味道、特有的爪色所打动，兴致盎然地御赐此蟹为“玉爪蟹”，并列为贡品。乾隆的这一赐封，让马知县好不得意。

可哪知道，第二天早晨，马知县请乾隆品尝靖江更为著名的蟹黄汤包时，却让乾隆出了洋相。那靖江蟹黄汤包端上桌来，热气升腾中弥漫着浓浓蟹香，再看那蒸笼中的汤包，一只只雪白晶莹，皮薄如纸，吹弹可破，撩人食欲。乾隆爷面对如此美食，人之本性大现。随手抓起一只汤包，张口就咬。汤包中那滚烫的汤汁，烫得他嘴里“嗬嗬”的，咽下又烫，弃之又不舍。让他更为尴尬的是，身为皇帝的他刚一下口时，就有一股汤汁喷溅到了衣袖之上。这让陪在一旁的马知县不知如何是好，吓出一身冷汗。马知县战战兢兢，只有等着乾隆训斥的份儿了。让马知县没有想到的是，乾隆竟然没有训斥马知县，还将衣袖上的汤汁直接吮吸了。哪知他一抬衣袖，汤汁竟然甩到了自己的后背上。真的是靖江蟹黄汤包太好吃了，面对如此窘境的乾隆，竟顾不上发火，有滋有味地品尝起汤包来了，全然不顾其背上的汤汁。

当然，事后想想，乾隆肯定是心有不爽。让他如此放不下之美食，竟然没得到他的御封，便是明证。否则，他怎么会连芦场港的蟹都赐封了，而不赐封味远美过芦场港蟹的蟹黄汤包呢？

就是这么一道味美的蟹黄汤包，据说源于对三国时期鲁肃大将口令的误读。这让靖江蟹黄汤包的诞生，既有了一定偶然性，又增加了一些传奇色彩。

相传有一年秋天，孙权偕夫人来到了马驮沙，也就是现在的靖江，一边领略江北大好河山，一边为自己挑选两匹好马。身为最高统帅，孙权自然是想去哪儿去哪儿，可地方上负责接待安排的下属就不免发愁了，拿什么样的特色菜肴招待最高统帅呢？地方官员实在无法，只得向前来打前站的鲁肃求助。鲁肃见伙房里面粉挺多，外面又养着一大群鸡，联想到孙夫人平时就喜欢喝碗鸡汤，吃口包子，于是对地方官下达了四个字的命令："鸡汤包子。"

地方官没细问，如获至宝赶快向厨房传达："鸡汤包子。"厨房里的师傅们一听，顿时傻眼了，这鸡汤包包子，谁见过呢？不要说没见过，就听也没听说过呀。你还别说，这厨房师傅中有位名叫汤二的老厨子，想了一会儿，说是可以试试。这汤二虽说做馒头、包子有三十多个年头了，做这鸡汤包子，还是大姑娘上花轿，头一回。

为了能做出让孙权夫妇满意的鸡汤包子，汤二可是下了血本，宰了二十多只鸡，煨了浓浓的两大锅鸡汤。这鸡汤其鲜无比，可就是包不成包子。汤二无法，只得再煨。煨过再看，还是稀，无法成馅儿。为了让汤浓稠，汤二只有再宰鸡，将鸡肉剁成末儿加进汤中。眼看还是不行，汤二也是急得无计可施，发现了厨房间存有的蟹肉和剁得好好的肉末，于是不管三七二十一,一股脑儿全倒进了鸡汤中。不停用汤勺在鸡汤中搅拌，指望这鸡汤在他的搅拌之下，能稠起来。说来，这秋凉天还真帮了汤二的忙，几次搅拌之后，鸡汤竟然有了冰颤颤的胶体，终于勉强可以做馅儿了。有了馅儿，包包子自然不在汤二话下。很快，鸡汤包子就新鲜出笼了。

经过一夜的折腾，汤二自己也已经饥饿难耐，从笼中抓起两只包子，来了个狼吞虎咽。等到汤二把两只鸡汤包子吞下肚去，在他身边帮厨的发现，汤二整个人都傻了。这下弄得这些帮厨的丈二和尚摸不着头脑，不知道这鸡汤包子是成功了，还是砸锅了。就在汤二神情慢慢松弛下来，脸上渐渐有了笑容时，人们知道，汤二的鸡汤包子成了。从此，靖江地方上多了个说法："汤二吃汤包——傻了！"

不用说，这鲜嫩特别的鸡汤包子，一定是赢得了孙权夫妇的极力称赞。靖江从此多了一道风味独特的美食。

由于众多富有探求精神的汤包师傅的探索，靖江蟹黄汤包在漫长的实践中，亦已经形成了自己独特的制作工艺。

汤包，首先讲究的是汤。现在靖江蟹黄汤包的汤，是用去了肥膘的猪皮、猪膀骨和老母鸡，再加之葱、姜、酒等多种配料，按一定程序进行煨炖，形成胶体，待用。其次是馅儿，有了胶体还不能做成美味的蟹黄汤包。需要在胶体里再添加新鲜的鸡肉末、蟹肉末、蟹黄等，方能制成馅儿。最后是包汤包。包之前当然得做好包儿皮，那可是十分讲究。讲究到什么程度呢？八个字：薄透如纸，吹弹可破。

擀这种皮儿本身绝对是个技术活儿。把这样的皮儿拿在手里装馅儿，包成包子更是个技术活儿。一只小小的汤包，在包制过程中不能少于三十个褶儿，而且要细巧均匀，美观好看。包子的封口剂头要小，收口要紧，绝不能有一丝裂缝。只有达到这样的要求，蒸出的汤包，才会味美、形美，既赏心悦目，又美味可口。

这道美食，在登上《舌尖上的中国》之前，就已经登上过央视的舞台。那是 2007 年，我主持策划的一台“欢乐中国行”大型演唱会，其中有一欢乐体验环节，我和节目组商量，让当时的外景主持人张蕾到靖江汤包代表性传承人陈士荣老先生店里当学徒。演唱会现场，将张蕾体验生活的 VCR 现场播放，引发一阵阵笑声。她的笨拙，与师傅、师兄技艺之精湛，构成了妙趣横生的笑点。让张蕾不得不亲口对观众们坦言，要想品尝地道的靖江蟹黄汤包，只有不远千里，来到靖江！

现在，如果你有机会到靖江来，请一定到陈士荣老先生的汤包专卖店，品尝品尝陈氏风味的蟹黄汤包。陈士荣老先生，不仅是靖江蟹黄汤包代表性的传承人，他制作的陈士荣汤包已成为江苏省著名商标，江苏省消费者协会推荐的放心食品。靖江也因此获得了“中国汤包之乡”的美誉。

黄桥烧饼

当你进入黄桥镇区，一处巨幅广告牌上用毛体书写着一句话：“黄桥烧饼是好出名的”，落款“毛泽东”。

据说，上面这句话，是毛泽东主席在新中国成立之初讲的。我没有很好地做过研究，不知道他老人家当初讲这句话时的背景是什么，有没有什么特别的意思。不过，有一点是可以肯定的，毛泽东主席当时讲这句话时，没能想到五六十年之后，他的这句话竟成了地方上宣传推广黄桥烧饼的广告词，身为开国领袖竟然为黄桥烧饼做起了广告。不知他老人家泉下有知做何感想？

毛泽东主席的这句“黄桥烧饼是好出名的”，知道的人好像并不多，所做广告也只是在黄桥镇所在地。黄桥烧饼，登上央视《舌尖上的中国》，则是好多年之后的事情了。

真正让黄桥烧饼为广大老百姓所熟知的，倒是抗日战争时期流传十分广泛的一首《黄桥烧饼歌》。其歌词摘录如下：

黄桥烧饼黄又黄哎，
黄黄烧饼慰劳忙，
嘿！烧饼要用热火烤哎，
军队要靠老百姓帮。
同志们呀吃个饱，
多打胜仗多缴枪！
嗨呀咿哟嗨嗬嗨！
多打胜仗多缴枪！

为此，当地一位名叫顾寄南的作家，曾写过一篇散文叫《黄桥烧饼》，在1977年8月3日的《人民日报》发表后的第二年，被教育部、人民教育出版社选进了全国初中语文统编教材第三册，很是有些影响的。

这首高亢悠扬的《黄桥烧饼歌》，让我们将视线转向了1940

年发生在苏中大地上的黄桥决战。当时，韩德勤部李守维的八十九军摆开阵势，杀向黄桥。陈毅、粟裕率领的新四军一部与数倍于我军的国民党顽固势力进行殊死决战。一时间，黄桥镇外枪声不断，炮声隆隆，杀声震天。就在这枪林弹雨之中，黄桥镇的开明绅士、广大百姓，用担挑，用独轮车推，把一筐筐热腾腾的黄桥烧饼送上了前线，送到了正在奋勇杀敌的新四军将士手中。

黄桥人民奋勇支前的热情极大地鼓舞了我新四军将士的斗志，在陈毅、粟裕的精密部署指挥之下，我新四军夺取了黄桥决战的胜利。《黄桥烧饼歌》也随之唱遍了大江南北，同时也为黄桥烧饼增添了一份红色印记。

其实，如果要追溯黄桥烧饼的制作历史，已经有数百年之久矣。据考，烧饼最早出现于宋代。清人袁枚的《随园食单》中就有这样的记载："用松子仁、胡桃仁敲碎，加冰糖屑、脂肪和面炙之。"黄桥烧饼正是借鉴吸收了古人制作烧饼的方法，发展成了一种半干式面点。其制作原料为面粉、酵种、饴糖、精盐、香葱、去皮芝麻、猪板油、熟猪油等。这里的面粉，以黄桥当地种植生产的小麦精粉为佳。

正宗的黄桥烧饼用的是缸炉打饼。缸炉直径一米左右，外壁用杉木箍成。炉缸以陶土烧制，缸底则用耐火材料铺成。炉壁与炉缸之间填有保温材料。

黄桥烧饼从头一道工序和面开始，就有自己的讲究。天气冷的时候，需要烫酵，天热则采取雪花籽之法，不冷不热的天气宜采用老鼠喷沙。至于说何谓"雪花籽"，何谓"老鼠喷沙"，纯粹工艺秘密，全靠师傅传授，绝对不可以对外界公布，读者朋友们只能见谅。

黄桥烧饼在制作过程中，依然保持了“香甜两面黄，外撒芝麻内擦酥”的传统手法。制作面饼时，馅儿和酥均需用猪油、花生油拌面粉擦酥，步骤是酥置于面团之上，用手工搓揉使其长而至卷起，之后用响子轻捶，翻转之后再捶，调向再捶，之后翻身刷糖稀，撒去皮芝麻，贴入缸炉烤制。

此时，炉内温度保持在三百摄氏度。如何保持如此高温，全凭师傅日积月累之经验。有经验的师傅，贴饼前，用手指向炉内轻弹几滴水，从这水汽嗤嗤蒸发的速度中，便能判断出炉内温度，是需要加温，还是即可贴饼，师傅了然于胸。

黄桥烧饼通常的品种有：擦酥饼、方饼、麻饼、斜角饼；配料精细的品种有：板油肉松饼、甜桂花饼、龙虎斗饼、蟹黄饼、虾仁饼、枣泥饼等。据说，早先师傅考查徒弟是不是能满师，考徒弟的手艺，便是让其做一道豇豆饼。这种饼形有如豇豆的长条状饼，层数多，各层互不粘黏，极易散架，做之不易。然，新鲜出炉的豇豆饼，异常松软酥香，口感极佳。师傅考徒弟，只需掰开豇豆饼，细数饼之层数，再观各层之间是否粘黏，是否夹生或烤煳了。所有这些都达到师傅的要求，便可满师。否则，只能再多吃几年“萝卜干子饭”吧。

就泰州地区而言，在众多的传统美食中，黄桥烧饼的产业化程度可算是最高的，产品标准化生产做得也算是最好的，已经通过了 ISO9002 国际质量体系认证；市场推广，产品覆盖，都走在其他传统美食前面，显示出了旺盛的生命力。但是，随着一些新的工艺改进，现代设备的加入，黄桥烧饼特有的手工制作的特色和品质似乎也有所丢失矣！

这里，我说一个个人的感受，黄桥烧饼一定是候在饼炉旁，等着出炉便尝，方为最佳！那特有的酥香，咬一口，便在口齿间萦绕。而热气散尽之后的黄桥烧饼，味道就差了。拿回家经过微波炉加热之后，味道则更差！

宣堡小馄饨

在宣堡，有一道特色风味小吃千万不能错过，那就是宣堡小馄饨。宣堡小馄饨以皮薄馅嫩、味美汤鲜而闻名遐迩，令众多外地食客垂涎，不惜远途奔波，也要饱此口福。

宣堡小馄饨讲究纯手工制作，其拌馅、擀皮、捏包、做汤、出锅，每道工序自然有其独到之处，不容细说。单说这宣堡小馄饨的面皮儿，薄似宣纸，几近透明，可用火柴点燃，堪称一绝。一道民间小吃，竟传承了近百年，足见其生命力之旺盛。

宣堡小馄饨因产于泰兴宣堡镇而得其名。说起宣堡镇，倒是有些来历。早在1130年，宋朝那个著名的抗金英雄岳飞，他的部下中就曾有一个姓宣的大将在此地安营扎寨，并且建立了赫赫战功。为表彰铭记宣将军的功绩，人们便将这地方称为宣堡。

1940年，陈毅、粟裕率领的新四军一部曾在这里与国民党顽固派展开殊死战斗，闻名中外的“苏中七战七捷”，首战就是在宣堡打响的。据说，宣堡小馄饨和黄桥烧饼一样，当时也曾为支援前线作出过贡献呢。

据考，馄饨源于中国之北方。西汉扬雄所著《方言》就有“饼谓之饨”之说。这说明早期的馄饨属于饼的一种，只不过，以汤水煮食而成为汤饼。古人认为，这种食点无七窍，因而称之为“浑沌”，后由造字法则演变为现在的“馄饨”。

宣堡小馄饨，在馄饨家族中脱颖而出，这要归功于宣堡一个名叫赵锅子的人，他也就是宣堡小馄饨的创始人。赵锅子包制的馄饨，轻盈小巧，皮薄馅嫩，口味醇厚，鲜香诱人，一下子声名鹊起，一时间食客盈门，好评如潮。到了第二代传人田宝林手上，他又把宣堡小馄饨推出了宣堡镇，走向了全国，在多个城市开设分店，并且组织省内外两百多人来宣堡拜师学艺，自此，宣堡小馄饨的影响范围日益扩大，美誉度日益增高，食客日益增多。

与田宝林的开疆拓土、拓展影响范围不同，宣堡小馄饨第三代传人马振亚数十年如一日，坚持在家乡宣堡经营自己的飞马小馄饨店，现在已经有二十多个年头。这二十多年来，不论天气晴朗，还是风雨交加；不论春和景明，还是漫天飞雪；不论秋高气爽，还是赤日炎炎，飞马小馄饨店前总是食客盈门，且有不少从外地慕名而来者，为的就是能尝到马师傅亲手包的小馄饨。

宣堡小馄饨，其馅儿以五花猪肉为主要原料。经擀皮、剁馅、包制、入锅、出锅这五道程序，其制作过程便可宣告完成。只是这制作过程，说起来容易，做起来并不是那么容易。就说这擀馄饨皮儿，要求就极高。选用上好的面粉，加适量水揉匀揉透，方可进行擀制。在擀制过程中，要注意用好干粉，通常是边擀边撒干粉，使皮儿既不粘黏，又能很好地伸展，至薄。据有经验的师傅介绍，包宣堡小馄饨所用的皮儿，要薄到迎着灯光能透过去，覆盖在报刊上能清楚地阅读，捏在手中用火能燃起。这要薄到何种程度啊，而宣堡小馄饨正是用这样五六厘米见方的小皮儿包成的。你说容易吗？

宣堡小馄饨，不仅擀皮儿讲究，制馅儿，勾兑汤汁，都有与众不同的独家绝技和秘方，因而才有其特有的口味、口感，因涉及商业机密，这里不再赘述。

如果想尝到正宗的宣堡小馄饨，你不妨到泰兴西北乡村的宣堡镇，走一走，到宣堡小馄饨第三代传人马振亚开的飞马小馄饨店坐一坐，吃上一碗热腾腾的小馄饨，定让你感觉不虚此行。那碗中的小馄饨，一只只饱满圆润，浮于浓汤之中，似闲游之银鱼，令人垂涎。那还等什么呢，赶紧动筷子吧！

行文至此，我得请读者朋友见谅！我在对家乡美食的叙写中，难免带有个人的偏爱。这其实也是人之常情吧！与现在对比萨、汉堡情有独钟的年轻人有所不同，我的味蕾记住的，是儿时的味道。这也是故乡留下的味道。

（2022年2月25日于海陵莲花）

味　道

古人云:民以食为天。当国际友人把“吃了吗”等同于“你好”挂在嘴边的时候，作为一个中国人，一个出生于二十世纪六十年代物质生活相对匮乏的花甲之人，我还是要为那食不果腹的岁月之艰难而心生感慨。但，这并不妨碍我们对美好食物的向往与追寻。哪怕有一些美食仅作为一种回忆，以其特有的味道，留在了我们的味蕾深处。

一

民间食点，有不少是跟时令联系在一起的。春卷便是如此。

春日春盘细生菜，
忽忆两京梅发时。
盘出高门行白玉，
菜传纤手送青丝。

……

杜甫的这首七律，现在读来仍然能够感受到诗人当年在长安、洛阳过立春时的那番开心与热闹。

立春之日，食春饼、生菜，古已有之。这春饼、生菜，装入盘中，谓之春盘。而这春盘中的春饼，正是我们现在所说的春卷。

宋代有一部多卷本《岁时风俗记》，为祖籍福建崇安的陈元靓所编撰。书中记载：

> 在春日，食春饼、生菜，号春盘。

而到了清代，春卷之名便已出现。在一部系统介绍扬州菜的食谱《调鼎集》中，就已经有了春卷的具体做法介绍：

> 干面皮加包火腿肉、鸡等物，或四季时菜心，油炸供客。又，咸肉腰、蒜花、黑枣、胡桃仁、洋糖共剁碎，卷春饼切段。单用去皮柿饼捣烂，加熟咸肉、肥条，摊春饼作小卷，切段。单用去皮柿饼切条作卷亦可。

上面的三种介绍，与我们现时春卷的做法，非常之接近。又名《童氏食规》的《调鼎集》，一般认为乃扬州盐商童岳荐所著。

典籍对春卷的记载不免枯燥，民间对春卷由来的介绍，的确生动鲜活。有一则民间传说，是这样说的——

有个小媳妇儿，能干得很。为让自己的老公安心求取功名，自己尝试着做出了一道食物：卷饼。这位小媳妇儿刚开始，用麦粉摊饼送至老公的案头，为的是能让老公边用餐边攻读，不致太过浪费时间。要知道，对于一个求取功名之人，真的是一寸光阴一寸金。时间之宝贵，自不待言说。

可时日久了，小媳妇儿发现，送至老公案头的饼容易冷掉。这冷饼，夏季食用尚可，寒冬时节食用，则不是那么舒服。于是乎，小媳妇儿增加了一道工序，将麦饼下油锅煎炸。如此一来，保温效果比原先要好。但，老公研读得十分投入时，这饼在案头搁置久了，还是会凉掉。爱动脑筋的小媳妇儿，又增加了一道工序，将麦饼油炸之后，趁热包卷起来。此举保温效果更显。咬着爱妻精心煎制的卷饼，赶考书生更是用功，学问大进，最终金榜题名，如愿以偿。这则故事，流传在古代的莆田。

如此看来，这春卷还是一款爱心美食呢。

春卷在我们那一带餐桌上出现，多半是在春节前后。它是应着春之脚步而来，也为我们家乡县城平添一幅春天的风俗画。

和前面那位莆田巧媳妇儿的做法一样，我们那儿的春卷，其皮儿以干麦粉为原料；其馅儿，多为嫩韭菜黄与精肉丝炒制而成，亦有素一些的，用鸡蛋皮儿。当然，家中包制，则完全根据个人喜好、口味而定，想包什么馅儿，就包什么馅儿。套一句流传颇广的说法，我的春卷我做主。

在我的记忆里，那时包春卷尚无机械化操作，全靠手工。一张皮儿，夹上些馅儿，一面一面折叠成长短相宜，圆中略扁的形状。封头时，手指醮些净水，润一润春卷皮儿，再操作，不易散。

头封不好，春卷下锅油炸时，极易散。一散，全无了春卷的种种妙处，便不能叫春卷矣。

油炸之后的春卷，齐整整地堆放盘中，色泽黄润，香气袭人，直诱得你味蕾活跃起来，赶紧动箸趁热品尝。最是那咬上一口之后，嘴里烫得咝咝的，还舍不得丢开，那份香脆，真的让你欲罢不能。伴随着咯吱咯吱的咀嚼之声，你瞬间就成了香脆春卷的俘虏。

春卷，在餐桌上畅销得很。这味美且实惠的春卷，招待客人时，能让客人在大快朵颐的同时，暂时填补一下腹中亏空。为后来宾主间的开怀畅饮，做好了铺垫。

在我眼里，家乡的春卷，总是和一幅永不褪色的风俗画连在一起。初春的雪，飘飘洒洒，白了天，白了地，白了树，白了房舍。雪停太阳出，稍一留意，街道拐弯处，墙角避风处，便有扎了红头巾，身着小红袄的年轻女子在卖春卷皮儿。

春卷皮儿，需现做现卖。待走近那红袄女子的操作现场，仔细看时，她做春卷皮所需的家当，颇简单。主要家当是一只煤球炉子，生好了火。炉子上面是一锅片儿，看得出，锅片儿是热的。偶或有一两点面糊滴到上面，立马由潮变干，翘皮。这时，须及时清理，否则会焦在锅里，影响春卷皮的摊制。

摊春卷皮儿，面糊的调制很是关键。所以，这红袄女子身边，还有面粉袋、水桶、脸盆儿之类食物和用具。脸盆儿不止一只，有空的，有实的。实的脸盆儿里头，多半是新近调拌好的面糊。春卷皮便是从面糊糊加工而来。

但见她一手抓着面球（面糊掐出的一小部分），不停地在手中晃荡。看得出，面球弹力颇好，来回张开收缩的幅度颇大。见锅片儿热到一定程度，便将手中面球轻贴在锅片儿上，动作快捷而娴熟。此时，那锅片儿上便有一块白斑，圆圆的，片刻工夫，渐干燥，翘皮，泛熟色，取下，一张春卷皮儿便成了。

或许有人会问：摊春卷皮儿，怎么只用锅片儿，而不用完整的锅呢？答曰：方便操作是也。整锅，其弧度较大，面球接触面反不及锅片儿。锅片儿弧度小，面球与其接触，比较靠，且实，所摊春卷皮儿不致残缺。春卷皮儿不成圆，是没人买的。包不成春卷的春卷皮儿，买回去有什么用呢？

这些都是我早年的印象矣。现在几十年过去，摊春卷皮儿，有专用锅了。这样一来，人们都可以在家里自己摊春卷皮儿喽。

现代化设备摊出的春卷皮儿，在我看来，终不及那红袄女子亲手摊出的春卷皮儿：薄如蝉翼，圆如凉月。这一切，全凭做春卷皮儿之人手上的功夫，令人叹服。

难怪家乡做春卷皮儿的以年轻女子为多，想来年轻女子心灵手巧，那纤嫩的小手要弄柔韧的面球定然相宜。

亦难怪白雪纷飞的时节，县城的街角处，便能常见到那红头巾，有如报春花一般绽开。

二

米饭饼配油条，在我们那一带的民间食点当中，堪称绝配。

在我的印象里，米饭饼天生就是为油条而准备的。虽说在我们生活的环境里，油条较米饭饼更为普遍，然，米饭饼在与油条的组合中，还是降格为从属，行搭配之功效。

米饭饼作出这一点点牺牲，饱了我们这些芸芸众生之口福。米饭饼包油条，米饭饼软乎乎的，油条脆刮刮的，一软一脆，丰富了食客的口感。咀嚼起来，咬劲十足，那是单纯吃米饭饼，抑或单吃油条，都体会不到的感觉。

说到感觉，颇为奇妙。很多时候，你说不出所以然，但就是这种感觉，遵循之，则如跃入一马平川。否则，有如逆水行舟，得历尽千难万险，方能如愿。难怪有人颇为感慨地呼吁："跟着感觉走。"

米饭饼与油条组合在一起，让米饭饼的酸甜，与油条的油香，在食客口中融合挥发，丰富了食客的味蕾体验。味觉的满足，在这一组合中一下子多出几个层次，淳厚，圆融，妙不可言。真正产生出"1 ＋ 1 ＞ 2"之效果。

不知当初，这样的组合是怎么形成的。是相关专家研究试验的结果？还是"行政干预"（生拉硬配）之下诞生的奇葩？抑或是无意插柳之收获？总之，在当下众多领导者"只管结果，不问路径"的思维模式中，米饭饼包油条获得了巨大成功。

其实，在我们那里，米饭饼早先是个单干户。早年间的乡下，哪里会有什么油条吵？说句实话，我在到外村读书之前，头脑中根本没有油条的记忆。即便吃过，也是极少极少，根本没有留下油条的味道。然，米饭饼的味道，早早烙印在我的脑海中。

早先，我们县城里卖米饭饼的挺多。这似乎与现在卖油条的情形调了个个儿。一大清早，在马路旁择定地方，安顿下锅、炉、桌、凳之类，便开市。

那时好像没有城管这一概念，市民们摆摊设点相对容易一些。当然，这些做小本生意的，也是为了养家糊口，不易。他们也自觉，绝对不会摆了自己的小摊子，影响了城市的交通，也不会留下多少垃圾。

做这种生意的，作奸耍滑者少，多为忠厚本分之人。每每收摊之前，总会将摊位清扫一番。既为别人留下干净空间，也为自己第二天开张省去许多麻烦。这样的小本生意，多半是固定的摊儿点，都会有一些老主顾、回头客。既然生意每天都在这儿做，清扫一下，利人利己，何乐不为?!

卖米饭饼没多少家当。炭炉上架锅。桌上放瓷盆，调好米粉；再放张竹匾，装米饭饼。有东西覆着，或一层布纱，夏季挡灰尘，挡苍蝇；或夹着棉絮，冬季保温，什么时候拿出来，米饭饼均热乎乎的。

卖米饭饼，讲究的是现做现卖。刚出锅的米饭饼，其暄松，跟久置竹匾之中的差别较大。因此上，做米饭饼的，待铁锅热后，将调和好的米粉，一小团一小团往锅边上摊。并不是摊得越多越好。用我们那里乡民的话说，靠船下篙。看食客多寡，决定现场摊饼的速度和摊饼的数量。这样的风味食点，口感、口味好坏与否，均较为重要。如若把得不严，便留不住食客，想做回头客的生意，难矣！

做米饭饼，米粉和水的配比，很有讲究。米粉须调和得适宜。水少，过硬，摊不成饼。水多，偏烂，也摊不成饼。做这等生意的，摊起饼来，样子很娴熟，很潇洒。饼坯随手抓起，随意丢在锅上，用力适度，便自然摊开，成椭圆状。

锅中有饼时，可将炉门打开大一些，炉火自然旺起来。不做饼时，炉火理当闭着。不一会儿，有饼香飘出，便可铲饼，出锅。摊出的米饭饼，如出一辙，大小、形状，均无两样。这纯粹是做米饭饼的手上功夫。不知要用多少年练习，方能达到这样自如之境地。

卖米饭饼的附近，多半都能找到卖油条的。卖米饭饼的，和卖油条的在一起，似乎是天经地义的。

细心的食客，自会发现，这“在一起”是有主次的。正如我前文所述，米饭饼与油条组合起来，米饭饼是主动与油条搭配，因而，卖米饭饼的，摆摊设点，一个重要择定标准便是附近有没有卖油条的。卖油条，较之卖米饭饼似要讲究一些，多有店铺，有的甚至还有招牌，“×× 油条店”之类。

油条，是在油锅里煎炸而成。发酵好的面，事先切成一小块一小块，做油条的坯子，两块坯子捏在一起，在师傅手里三一拉两一拉，抻到一定长度，轻轻往沸油锅内一丢，只见油锅骤然翻腾，油条更是翻滚不已，瞬间膨胀，浮至油面，色泽由白至嫩黄，油条香味便从油锅飘出。

此刻，师傅用一双超长竹筷，将煎好的油条夹出锅来。有性急者，上前想取，往往会被师傅挡住。为何？刚出锅的油条，滚油在身，烫倒在其次，尚未完全香脆，须放入铁丝篓儿内滗掉油汁，稍等片刻之后，再放进竹匾内，顾客即可取拿。

油条出锅，师傅动作既要迅速，又要拿捏得当。速度慢，油条色至深黄，便老了，甚至焦了。过早出锅，炸得不透，再怎么滗，也脆不了。我老家一带人的口感，多喜脆。因而，油条以煎炸透，且色泽嫩黄为佳。

有一年，出访台湾，接待方特意安排，让我们品尝名气颇大的永和豆浆，配食油条。超大个头的油条，咬在嘴里，肉质颇厚，外脆内软，不似家乡油条外脆，内也脆，表里如一。叙述至此，不得不言及油条的另一组合：油条与豆浆之组合。这一组合，虽说亦颇受民众喜欢，然，终究屈居在米饭饼、油条的组合之下。

卖米饭饼的，叫卖起来是这样的："米饭饼包油条啦！""米饭饼包油条啦！"卖米饭饼的，有时候直接从油条店拿些油条过来，在自己的摊儿上一同出售。这样的合作，当然会和油条店师傅有所约定。做生意，既讲究和气生财，亦讲究亲兄弟明算账。

想来，这米饭饼是进了城之后，才得以与油条组合起来的。在城里做事，早晨赶钟点上班，来不及吃早饭的，早餐通常是路旁的米饭饼包油条。有时顺道停靠，自行车龙头一斜，人都不用下车，说一声，"来个米饭饼包油条！"摊主嘴里应着，"好哩！"手里两张米饭饼、一根油条，夹着包好，递到骑车人的手上，一手拿钱，一手递饼。

米饭饼包油条，多半是两张饼包一根油条。也有一张饼包一根油条的，少。买时需特别交代。这样的早餐，方便而实惠。赶时间的上班一族，在骑车上班的途中，便完成了用早餐之任务。

不过，有一点，城里的米饭饼，和我们儿时在乡间见到的米饭饼，似乎发生了一些变化。我们小时候吃的米饭饼中，是见得着米饭的，清楚得很。

这米饭饼里的米饭，颇不一般。得馊了才行。既馊，焉能入口？实际情况是，唯其馊，才能做出米饭饼特有的酸甜味道。

需友情提醒的是，要注意馊粥之“馊”，“馊”而有“度”。头一天晚上，将馊粥和米粉调好，焐在锅里。经过一夜的发酵之后，米粉便发好，可摊饼矣。第二天大早，生火，锅热后，浇上几勺子菜油（做饼不粘锅），直接摊饼。可摊一锅，整的，锅多大，饼多大。也可摊成一块一块的。饼离锅前，再浇些油。如此做出的饼，黄霜霜，油滋滋，香喷喷，甜甜的，又酸丝丝的，好吃。

说句实话，好吃是好吃，然终不及米饭饼包油条。

三

现时的孩子，知道“疙瘩”这一食物的，不多。在我的记忆里，疙瘩属食物匮乏年月的产物。现如今，物产极大地丰富，粮食紧张早成了遥远的回忆。民众家中的餐桌上，早没了疙瘩的身影。

疙瘩，其主要成分是碎米粉。这碎米主要是家中碾米时的副产品。新近碾好的米，过筛之后，剩下些碎米，淘洗滗干，再上石磨磨，抑或用轧粉机轰成碎米粉，晒过几个太阳，干了，装进坛子贮存起来。要做疙瘩时，从坛子里搲出几大勺。

和粉，是做疙瘩的第一道工序。碎米粉放在瓷盆里，兑入净水进行调和。但见操作者用一双筷子，在瓷盆里边搅拌边加水，直至碎米粉和成泥状。需要注意的是，和粉不宜过稀，过稀则成了米糊糊，是另外一种食物，做不成疙瘩。反之亦不成，碎米粉还没和透，做的疙瘩下锅便散了。

疙瘩不是用手做出来的，得剜。我们那里人，从不说做疙瘩，一开口便是剜疙瘩。剜疙瘩，须等到粥锅透了，水滚了，此时，用铲子一角进瓷盆里剜，一剜往粥锅里一丢。剜完后盖上锅盖，复烧煮至锅透，再焖一焖，便可盛碗，上桌。

喝粥吃疙瘩，更感疙瘩咬嚼起来有劲。稀粥里有几个疙瘩，便不再寡了。疙瘩，挺熬饥的。干力气活儿，就指望一大早上能咬上几个疙瘩，一整天都有劲。

这样一说，等于给吃疙瘩的人定了位：家里干重活之人。小孩子自然只有喝稀粥的份儿了（说喝粥，而不言吃，极有道理的。那粥，实在说来，少见米粒，多见汤，无须动筷，捧碗喝之，片刻即见碗底）。

家里小孩子少的，还有从大人那里获赏疙瘩之可能。那也是大人从自己嘴边省下来的。若是小孩子多，大人想分给孩子一些，也做不到。每每这个时候，做母亲的会做个“恶人”，对家中干重活的一干人等大声道：“你倷吃咯好下田，甭管细猴子。”

这刻儿，母亲还会一脸严肃，用筷子敲敲细猴子们的粥碗：

“喝粥，喝粥，喝好了，上学的上学，跟我上自留地的跟我上自留地。”“你俫”，当地方言，意为“你们”。

孩子们知道，母亲的严肃是装出来的。哪有父母不疼自己孩子的吵！然，那年月，粮食实在太紧张，一日三餐薄粥打滚，日子过得苦。日子苦，人还闲不得，整日整日地劳作，干的净是力气活儿。

做母亲的，也是煞费苦心，视每天的劳作情形，安排一天的饭食。家中的大劳力，干的是脏、累、费力的活儿，单喝薄粥，显然不行。于是才有了煮粥剜疙瘩之做法。

其实，这疙瘩要想吃出点滋味来，得单烧。用青菜炸汤。临食用时，最好能剜上一筷子荤油。此时的疙瘩，养汤而盛，食用者咬上几口疙瘩，实实在在，感觉不错。再喝上几口带米香、菜香、猪油香的疙瘩汤，那滋味，当然是疙瘩粥无法比的。

青菜疙瘩汤，在农家餐桌上出现，要往后推迟好多年。那是到了人们不再为温饱发愁了。现在城里人的宴席上，最后的主食，有时候便是这道青菜疙瘩汤，蛮受欢迎。

现在，疙瘩在家乡人眼里，早已不是填饱肚子的盼物矣。而早先那种用碎米粉做成的疙瘩，早没了踪迹，家乡人几乎忘记了那种疙瘩的模样。

真叫人高兴。

四

乡贤郑燮在其《板桥家书》中有一段对炒米的描述，说是“天寒冰冻时暮，穷亲戚朋友到门，先泡一大碗炒米送手中，佐以酱姜一小碟，最是暖老温贫之具”。读来让人心生温暖。

这几年，老家对板桥先生的重视程度，似有升温。先生故居周遭，地方政府来了几个大动作，该拆拆，该迁迁，该新建的，不惜资本予以新建，最直接的效果便是，拥挤状况得到根本性改变。

只是，这一变，恐怕让他老人家有些个不太适应，他家门口多出了咖啡店之类时尚饮品店。对于名人故居的修缮保护，没有一个地方当政者不重视，然，“好心办坏事”的情形时有发生。

不只是郑板桥先生家门口出了新状况，与我同宗的刘熙载先生家因拆迁，不仅没有像现时的多数拆迁户那样翻身解放，而且连自家院墙都要借邻居家的，方得密封起来。观之，总让人心里泛酸，不是滋味。

我私想，既然劳动他老人家搬家，那多少总该给点政策，优待一下老者吧？好歹人家在京城里也算是个有头有脸的，毕竟当过咸丰的老师嘛。

两下相较，搞纯文学的寤崖子，境遇远不及兼搞书画的板桥道人，唉！家乡的电视台，连续几年找到我这里，让借着《板桥家书》说点体会，当然根本目的，不是宣传郑先生的著作，而是宣传其亲民爱民的思想，宣传其清廉之形象。

地方上曾搞过一个全国性“板桥杯”诗词大赛，倒是吸引了全国各地诗词爱好者参与，热闹是蛮热闹的。有用吗？另说。既言“另说”，我还是回归正题，不然，扯得有些远矣。

在我们那里，冬季，不论城里，还是乡下，轰炒米的均多起来。称其为“轰炒米的”，实际情形是，既轰炒米，也炸麻花。

轰炒米、炸麻花，有挑了担子步行的，也有担子搁在小船上，划木桨的。轰炒米的担子，一头是轰炒米的机子，带煤炭炉子；一头是风箱，贴箱而放的是轰炒米用的麻布袋子。

在小巷上，抑或是小河里，不时有吆喝声响起：“轰炒米、炸麻花啦——”“轰炒米、炸麻花啦——”

别听轰炒米的吆喝起来分得这样清楚，有轰，有炸。其实，这轰和炸，在他那里是在同一器具里完成的，没有本质上的分别。

之所以要将炒米定为“轰”，将麻花定为“炸”，如果要找出一点依据的话，有可能玉米粒儿在轰炒米的机子里面，经高温加热之后，逐渐膨胀，膨胀到一定时候，便炸开了。这从玉米粒儿出炒米机子，变身为麻花，其形状多为开裂的，便可得到验证。

然，细看炒米，也会发现，有的炒米也会开裂，只不过炸的程度，较麻花要弱一些。在我看来，这轰和炸的定位，恐怕还是一种习惯罢了。

轰炒米的只管做自己的生意，哪里有多少闲工夫，去和你研究“轰”为什么用在炒米身上，“炸”为什么用在麻花身上吵！

早先，轰炒米、炸麻花蛮便宜的。轰炒米的吆喝声在巷口，抑或河面上响起来，问其价，答曰：“一毛五一火。”

“一火”，是轰炒米、炸麻花的计量单位，也是轰炒米的行话。一火，乃轰一次是也。通常，这一火能轰一斤米左右。

轰炒米的，每到一地，择好一处巷口、墙角，摆下家伙，之后，点火生炉子，轰炒米，炸麻花。

轰炒米的，一手推风箱，一手摇炒米机，有板有眼，颇协调。风箱四周，簇满了人，排着队，或轰炒米，或炸麻花。那火炉上，大肚子的炒米机，滚动了几分钟之后，轰炒米的便停下，招呼一声：“听响啦！”

随之，只听得轰的一声，炒米或麻花便伴随着沙沙沙的声响，从炒米机倒入麻布袋中。待热气稍散，便可倒入自备的器皿之中。回家。

轰炒米，多用大米；炸麻花，则是用玉米粒儿。经炒米机轰出的，无论炒米，还是麻花，个头均较先前膨大了许多。炒米，基本保持了原来的形体，其色白了许多；麻花，则面目全非，玉米粒全部开了花，难怪有麻花之称。其色亦由黄趋乳白。

品尝一下，炒米、麻花，一样既香且脆，不过，炒米口感更为细腻。轰时，放入一小撮糖精，那炒米、麻花，不仅香脆，且有了些许甜味，更是诱人垂涎。

炒米、麻花均怕透气。一透气，便会“嫩”掉，再无香脆之妙。炒米、麻花均需用有盖的瓷罐贮存。随时想起，随时从罐中取得香脆之物。

前文所引《板桥家书》中对炒米的一段描述，语出《范县署中寄舍弟墨第四书》，汪曾祺先生读后，“觉得很亲切”。并说，“郑板桥是兴化人，我的家乡是高邮，风气相似。这样的感情，是外地人们不易领会的”。

想来，若是心境不同，即便有同乡之缘，亦未必能领会为汪老所认可的，板桥先生所言说的感情。

如今说到吃炒米、麻花，皆为平常消闲而已。俗语有云：“炒米枕头饿煞人。”实在是道出了炒米之类民间食物的妙处：无论怎么吃，于胃无伤，不会重食。

这便生出一个优点，此食物与孩童颇为相宜。一般而言，人在孩提时，多嗜零食，所谓“小馋猫”是也。其他零食，如若多吃，家中大人自然会担心消化不良。而家中有炒米、麻花，则随手可抓，家长也不会严加看管的。这炒米、麻花，既消得闲，且不用担心胃不能承受，岂不妙哉?!

只不过，与板桥先生所言，“佐以酱姜一小碟”有些许不同，现时泡炒米，多半会放上几勺子糖，更为讲究者则用蜂蜜。

佐以酱姜一小碟者，不多见矣。

五

在吾邑先贤中，板桥先生是个特殊的存在。用世俗的眼光衡量，他的官位算不得大，才县处级。要说起官位来，在吾邑先贤中，够得上国级的，就有好几位。不说五朝元老、内阁首辅高谷，单说状元宰相李春芳，堪称官品、人品、文品俱佳。他在家乡为老母亲修建金銮宝殿（因遭奸人告状，而改为东岳庙，一时香火颇盛）的故事，在兴化那可是无人不知，无人不晓，传为美谈。

换一个维度，论财富，板桥先生那更是不值一提。他干了十几年县官离任时，都没有一辆属于自己的座驾，三头毛驴一车书，便是其全部家当。他倒不觉寒酸，豪言赋诗：

乌纱掷去不为官，
囊橐萧萧两袖寒。
写取一枝清瘦竹，
秋风江上作渔竿。

毫无疑问，他是一位杰出的艺术家。尽管他的绘画是属于民间的，不像他亲家李鱓是朝廷给薪酬的宫廷画师。他也不像刘熙载，刘熙载是个专门做学问的。有“东方黑格尔”之称的刘熙载，撇开曾担任过咸丰老师不说，其一部《艺概》，那可是继刘勰《文心雕龙》之后，又一文艺理论之经典，影响深远。

然，你不得不说，当我将上述所列举之因素集于郑板桥一身时，奇迹发生了。他在吾邑先贤中，是独一无二的，且不可取代。

衙斋卧听萧萧竹，
疑似民间疾苦声。
些小吾曹州县吏，
一枝一叶总关情。

这首原题为《潍县署中画竹呈年伯包大中丞括》的墨竹图题诗，传诵久矣，至今乃为高层所引述，成了当下廉政、勤政教育的活教材；乱石铺街的“六分半”书，追随者众，“难得糊涂”“吃亏是福”之匾额，随处可见；竹石图、兰草图，更是漂洋过海，风靡国内外市场，经久不衰；最是他的诗词楹联，不只为众多专家学者所推崇，更是为广大文学爱好者所追捧，吸粉无数。

前文借《板桥家书》，对炒米作了一番介绍。现在，我却想向读者朋友介绍介绍板桥先生笔下的另一家乡美味。

家酿亦已熟，

呼童倾盎盆。

小妇便为客，

红袖对金樽。

此为板桥先生《雨中》诗中收尾四句。诗中的“家酿”，便是指：兴化米甜酒。诗句明白晓畅，只需告知读者朋友的是，此处“小妇”为专指，乃先生钟爱的娇妻饶五娘。

说起这饶五娘得以许配板桥先生，那可不是才子配佳人这般浪漫，颇不寻常。二人相识时，饶五娘年方满十七，板桥先生已四十有三，且尚未中进士，用板桥先生自己的话说，“一介寒士”。你别看这饶五娘年轻，文学品位可不低。她对板桥先生的诗词十分喜爱，尤其是对《道情十首》，喜爱到了痴迷的程度。

在钟情于自己的少女面前，经历丧妻之痛的板桥先生应允了饶五娘母女的请求，答应京城考中进士之后便来府上迎娶。哪知半途杀出个程咬金，当地一富商愿出七百两黄金，买饶五娘为妾。此时，板桥先生居京城已经三年，而饶氏母女靠典当度日，日子过得十分艰难。

在巨额金钱面前，这饶氏母女有情有义，用与“郑公有约”退回了富商的彩礼。此后，幸得江西商人程羽宸相助，先送给饶氏母女五百两黄金作聘资。翌年，在板桥先生迎娶饶五娘时，又相赠五百两黄金为聘礼。程老板所为何来？与饶小妹缘由仿佛，他也是郑板桥先生的铁杆粉丝。

先生逸事就此打住，容我回到兴化米甜酒上来。国人之于酒，说形影不离，似不为过。祭祀、敬神、拜祖先离不开酒，探亲访友离不开酒，过年过节离不开酒，逢有喜事亲友聚会，同样离不开酒。总之一句话，酒已深度融入国人生活之日常，称得上是一种重要的调节。

正如人们所了解的，酒的主要原料是粮食：麦子、高粱、稻谷，凡此等等。因所用原料不同，以及所用酿造工艺不同，又可酿造出白酒等品质不同的酒。

而我的家乡兴化一带，用糯米等原料酿制的“米甜酒”，极为常见。在我小时候印象里，临近春节了，时常有挑了担子的，在乡间城里，边行走边吆喝：“米甜酒卖哟——酒药子卖哟——”

这米甜酒不用解释，“酒药子”所谓何物，容稍后介绍。

说出来也许你会不信，这在兴化遍地叫卖的米甜酒，最早却不是兴化人的创造。说是一百多年前，山东邹县的邹氏家族，经江苏邳县辗转到了水乡兴化。兴化大片大片的水荡自然资源，丰产的水稻、大小麦等粮食资源，让邹氏族人大喜过望。于是，邹氏家族在此落户生根，重新做起了在山东时酿酒的行当，在兴化城区开设了一家槽坊。他们把山东的酿酒技术带到了兴化，利用当地优质大麦、糯米等原料，酿造起了白酒和米甜酒。

据《兴化县志》记载，清末民初，泰和、肖懋、邹记等酿酒槽坊，所酿造的“佛手曲”“元啤酒”“米甜酒”，深受百姓喜爱。这当中，邹氏所酿兴化米甜酒，不仅成了文人墨客雅集时的席间饮品，而且走进了寻常百姓家，成了百姓欢聚时之佳酿。

如前文所录，大名鼎鼎的郑板桥，也曾喜不自禁，为兴化米甜酒写下了赞美之诗章。

其时的兴化，更有“十里一槽坊，过年家爱酿。沽酒不出庄，无钱可赊账”之说。二十世纪三十年代初，兴化城内有槽坊二十多家，经过不到十年的发展，一下子就发展成七十多家。八十年代，兴化在江苏省范围之内率先组建江苏难得集团，其旗下的板桥酿酒有限公司具备了年产米甜酒五千吨的生产能力。到 2003 年，邹氏后裔、兴化米甜酒第五代传人邹贻争，在板桥酿酒有限公司改制过程中，通过竞标一举将该企业收购至自己名下，并创立了兴化米甜酒新的品牌——难得佳酿。

兴化米甜酒的加工酿造，选取糯米是头道工序。其所用糯米，均为里下河地区所产之晚糯稻。这种晚糯稻，杂质少，品质纯，黏性好，出酒率高。

之后便是浸泡、蒸煮。糯米的浸泡，主要是掌握好时间。浸泡时间不足，米粒得不到充分舒展，不利于蒸煮。浸泡时间过长，米粒易于碎粉化，自然达不到蒸煮之后粒粒至暄的效果。有经验的师傅知道，当糯米浸泡之后，其重量增加二至三成即可进行蒸煮。蒸煮时，要掌握好火候和温度，这两个因素决定着糯米饭的软硬度和黏稠度，当然也关系到后道发酵之效果。

加曲是整个工序中的一个转折点。糯米饭，因为加入了曲，才能进入发酵程序，质的变化由此产生。当然，加曲前，必须将蒸煮到位的糯米饭用凉水淋过，促其充分冷却降温。“曲”，也叫酒曲，当地俗称酒药子。

发酵是一个等候的过程。俗语有云：心急吃不得热豆腐。酒缸中，加了曲的糯米饭，一般在四十八小时之后，便开始发酵了。一周之后，需将酒缸加盖密封，让发酵继续。一个月过后，糯米饭中的高分子糖，此时已转化为氨基酸，发酵完成。至此，可以进行最后一道工序：榨酒。将封存在酒缸中培养过百日的糯米饭取出压榨，此时便有香甜的米酒从管道流淌而出，那香甜，直令人口角生津，味蕾蠕动，不能不来个近水楼台，尝个出缸鲜。全然顾不得，此酒尚需进入酒罐贮藏、沉淀矣！

六

与不少喜言大者，喜冠以大之名者不同，此处只言“煮干丝”，舍弃了“大煮干丝”之说，似乎有点儿不合时宜。

为何？现在做这类文章，几乎无一例外，在前面都要加一个字：大。大煮干丝，似乎才够分量，够气派。可，这与我的喜好，与我的出发点，皆相左。

窃以为，煮干丝，才是事物本来之面貌。大，无疑带有个人感情色彩。而有些大则显得别有用心，甚至居心叵测。经历过“文革”十年者，大多有此体会。

煮干丝，在清乾隆年间有个颇雅的名号，九丝汤。顾名思义，就是九种食材切成丝，做成的汤。哪九种食材？火腿、竹笋、口蘑、木耳、银鱼、紫菜、蛋皮、鸡肉，这八种食材切成八丝，再加一丝——干丝，这不，正好九丝。

其实也不绝对，讲究一些的，也有加海参丝，抑或燕窝丝的。估计寻常百姓，没有如此讲究的。海参、燕窝这类富贵之物，多为达官贵人、巨商富贾所青睐，普通百姓消受之机会不多。

在煮干丝这一阵营中，扬州煮干丝承担着领衔者的角色。扬州煮干丝，与镇江肴肉一样盛名于天下。有词为证：“扬州好，茶社客堪邀。加料干丝堆细缕，熟铜烟袋卧长苗，烧酒水晶肴。”词中虽没有过多溢美之词，但写到了扬州干丝和镇江肴肉。

而前文所言“九丝汤”，正是乾隆南巡到扬州时，地方官员用来谄媚皇上的一道菜品。有道是，旧时王谢堂前燕，飞入寻常百姓家。九丝汤，如今早已上了寻常百姓的餐桌，从御膳降格为大众消费品矣。只不过，变身为大众消费品之煮干丝，不再繁复至九丝，多以干丝、鸡丝、火腿丝，加鸡汤煨煮，讲究的再添加木耳、竹笋、青菜头之类配料。

不论配料多寡，其主角仍然是干丝。因此上，厨师对干丝切制的考究，那是一定的。

与我有邻县之谊，且有着美食家美誉的汪曾祺先生，就曾专门为干丝著文，介绍说——

> 一种特制的豆腐干，较大而方，用薄刃快刀片成薄片，再切为细丝，这便是干丝。讲究一块豆腐干要片十六片，切丝细如马尾，一根不断。

汪先生寥寥数语将干丝切制之要领交代得十分清楚。文中点出了干丝原料之重要，“一种特制的豆腐干”。这是大有讲究的。

普通豆腐干，质地偏松，密度不够。切丝时，因含水量偏高，难出精丝，再加之偶有气孔，会导致丝断。如此，普通豆腐干便不可取也，唯有特制。这种特制豆腐干，多用本地黄豆，经磨浆、点卤、压制等多道工序加工而成。因知道为制作干丝之专用，较普通豆腐干，压制要紧，密度要高，韧性要好。

接下来才能谈切功。用刀讲究的师傅，都有两把刀，一大一小，一厚一薄。大刀在两处派上用场，一是削平豆腐干的边皮，二是片好豆腐干，最后切丝。小刀，即汪老文中的“薄刃快刀”，专用于片出薄片。

有种说法“薄如纸，细如丝”，不免夸张。但薄到用火柴点着，这实在令人叹服。有种龙须面，丝细可燃。那还好说，面食可燃性是有的。然这豆制品，加工之后可燃，实难。

然，对自身要求高的厨师，确实做到了这一点。这样刀工精妙的师傅，片豆腐干时，其刀在手中欢快地行走，动作迅疾，层层翻飞，不做丝毫停顿。瞬间换上大刀，只听得案板笃笃笃响个不停，不见刀的移动。

不一会儿，一方大而方的豆腐干，变成了一堆豆腐丝，呈现在案板之上。细嗅一下，干丝中还飘浮着一缕淡淡的豆香呢。

汪先生文中言及，“一块豆腐干要片十六片”，非常人所能及也。然，这“十六片”，尚未达到我们地方上近年来新出台的干丝制作相关标准呢！

近年来，从我的老家兴化，到我现居的城市泰州，都在大做早茶文章。这煮干丝，成了早茶文章中的重中之重。于是乎，相关部门热切研制出了一套标准。在我们地方上，若标以某原产地干丝之名，一块豆腐干则需片出二十片，比汪老所说的十六片多出了四片。

这样看来，二十片倒成了基本要求。在我们这些外行看来，难于上青天的事情，到了业精于勤的师傅们手中，则易如反掌。事实还正是如此，因为更精到的厨师，可片出三十六片，那一块豆腐干，被他们把玩于股掌之中，真的是游刃有余。

至此，到了煮干丝煮的这道工序。煮，讲究用高汤。多半用鸡汤，且为去油后的头道清汤。

如今养殖业发展颇快，规模化养殖，颗粒饲料喂养，这样养殖出来的鸡终不及当地散养的土鸡。难怪有人戏言，现如今不仅某些人没有了人味，就连鸡也没有了鸡味。

汪曾祺先生在谈及煮干丝的汤时，这样说，“煮干丝则不妨浓厚。但也不能搁螃蟹、蛤蜊、海蛎子、蛏，那样就是喧宾夺主，吃不出干丝的味了”。

这是很有见地的行家之言，这与高汤的要求是吻合的。汪老也给出了高汤的底线，并不是所有起鲜的东西都能入汤。如若弄得连一点干丝味都没有了，那还能叫煮干丝吗?

有朋友说，因这煮干丝需要大汤煮制，故而称作“大煮干丝”。这种说法，显然是走的老相声艺术家马三立的路子——“逗你玩”。

汪文在最后又强调了一次，“煮干丝不厌浓厚”，足见汪先生对汤的重视。然，汪先生没有讲，煮干丝，为什么“不厌浓厚”。其实，这跟干丝是豆制品有关。这豆制品自身味薄得很，且易吸油脂，不惧油腻，汤汁浓厚则味高，汤汁稀薄则味寡。

与煮干丝同出一门的，还有一道烫干丝。

如果煮干丝可以看作干丝的豪华版、升级版，那么这烫干丝，似乎可以视为简装版、基本版。我这样说，并不等于这烫干丝，没有一点技术含量。非也。

顾名思义，烫干丝，烫干丝，第一讲究，就是一个“烫”字。虽然说，无论煮干丝，还是烫干丝，都要烫过三次，但两者还是有差别的。

烫干丝，在提碱过后要收水，否则干丝吃着会有水腥味。有水腥味，食用者的味觉便一下子破坏掉了。原有的五味荡然无存也。

这在煮干丝，矛盾就不会如此尖锐。毕竟煮干丝最后一道是高汤煮制，收水自然没有烫干丝来得重要。两者一样重要的是提碱，均讲究时间控制，以干丝呈软滑之状为佳，时间短不得，也长不得。

而收水，对烫干丝来说，是在提碱之后，装盘之前。滗去碱水的干丝，最后一道烫在老师傅那里，讲究的是一气呵成。老师傅一手执开水壶，一手给加入生姜丝的干丝收水。老师傅用滚水冲烫干丝。老师傅边烫边收，最终将这盘烫干丝收成一个馒头状。

此时，烫干丝另一讲究便来了，那就是卤汁。这卤汁，看上去色泽有如老抽，呈酱红色。如果你真的以为是老抽，那就错了。这卤汁，是选用几种品牌的酱油，加入香叶、桂皮、八角、胡萝卜、芹菜、香菇等原料用小火熬制而成。

烫干丝在烫、收完成之后，临上餐桌之前，最后一道工序，便是洒上芫荽、海米、花生米、肴肉丝之类配料，浇上热乎、黏稠、香甜的卤汁。

细心的师傅会将这份烫干丝置于洁白的瓷具之中，送给客人品尝之前，配上几丝红椒、几丝绿蒜，和之前嫩黄的生姜丝、乳白的干丝、酱红的卤汁，构成五色，与烫干丝所蕴藏的咸、甜、鲜、香、辣相呼应。

如此一盘烫干丝送至你的面前，你忍心拒绝吗？

七

豆腐干和豆腐皮儿，均为豆腐制作过程中的副产品。

豆腐干，从其名便可知，乃豆腐压榨脱水所得。豆浆点卤之后，装箱，用长木杠人工压制，榨出其中的水分。这压榨度之不同，其后的产出品也不同。可分别制成：豆腐、豆腐干和百页。

现在有专业设备压榨，控制极为便利。制豆腐，将豆浆点卤后的豆腐脑，舀进箱体进行适度压榨，使豆腐中含一定量的水。如此，可保持豆腐鲜嫩品质。制豆腐干，则在箱体中加垫粗布，与豆腐脑一层夹一层，累积至箱满，覆盖加力压榨脱水，使食体凝结固化，“干”形尽现。而百页的压榨，则是粗布夹层中豆腐脑，仅添加薄薄一层，加力脱水，使其成纸页之形。

豆腐皮儿，则跟上述所言及三种豆制品完全不是一回事儿。它是置于豆腐、豆腐干和百页之前的优先产品。豆腐皮儿，直接从浆锅中挑出，当然无须压榨。明代李时珍《本草纲目》中就有这样的记载：

> 豆腐之法，始于汉淮南王刘安。凡黑豆、黄豆及白豆、泥豆、豌豆、绿豆之类皆可为之。造法：水浸硙碎，滤去滓，煎成，以盐卤汁或山矾汁或酸浆醋淀，就釜收之。又有入缸内，以石膏末收者。大抵得苦、咸、酸、辛之物，皆可收敛耳。其面上凝结者，揭取晾干，名豆腐皮。

豆腐皮儿和豆腐干，虽同出一宗，但豆腐皮儿产于豆浆点卤之前，而豆腐、豆腐干和百页则产于豆浆点卤之后。这一前一后，让豆腐皮儿的质感、品位，与豆腐、豆腐干和百页相比，自然更胜一筹。这一前一后，也就决定了它们在食品制作路上的不同走向，不同定位。不由得让我想起，龙生九子，命运却各不相同。在豆腐王国，同样得到体现。

正如人们所熟知的，豆腐干离开压榨箱之后，便走向了街头巷口。每当夕阳西下，无论是蹲机关的机关干部，还是拼体力劳作一天的装卸工，均下班矣。原本就拥挤的马路、巷道，越发拥挤起来。

早先尚无塞车之说，那时汽车还很是稀有，人们多以自行车代步。现在则不一样，满眼的车，街道上，马路边，小区内，停得一辆挨着一辆，一辆贴着一辆，真的到了车满为患的地步。因此，塞车，不再是北上广这样一线城市的专利，我们老家小县城，一样塞。县城人又区别于北上广，平时自由度高惯了，一旦塞车，人们便会加塞，于是乎，塞它个水泄不通，一动不动，直至交通瘫痪，让人怀念早先骑自行车绿色出行的年代。

那时的傍晚，人们下班也行色匆匆，那是赶路，有时是为赶到某个小吃店买上一两样地方风味小吃，晚上好美滋滋地扳上几盅。晚了，想要的下酒菜，就有可能脱货。做这样小买卖的，也懂得饥饿营销，每天只会紧缺，不会滞销。

扳，乃当地方言，再现的是喝酒的一种姿态，举杯，仰头，酒入口中。这样的过程，叫扳。此时的巷道口、马路旁，做晚市的多起来，卖熏烧，卖烂芽豆，卖花生米，也有卖豆腐干的。

卖豆腐干的家当，主要有炭炉子、锅、箩或盆之类，外加一张小杌子。锅自然安在炭炉子上，配了半锅汤汁或油料。锅上有个铁架子，煮（炸）好的豆腐干，置于铁架上，滗、凉、卖。箩或盆则用来装白豆腐干坯子。小杌子，供卖豆腐干的自己坐。

这种买卖，无须吆喝。豆腐干特有的香味，飘散开来，诱得人主动上前问价、购买。卖豆腐干，边炸煮，边卖出，趁热。食客多半一买就走，现场无须提供食用桌椅。即使有人买了现吃，也是边走边吞食，顾不上吃相是雅是俗。

豆腐干本就走的底层一路，适合的人群，是鲁迅先生笔下的“短衣帮”而非“穿长衫”者。

油炸豆腐干，脆，且香。只是在油锅里时辰要掌控好，适宜为佳。油炸时间过长，则老了，焦了，咀嚼起来似有渣滓，再加上一股焦苦之味，难以下咽；油炸时间过短，则不透，不入味，该进去的味道没有进得去，该出来的味道没有出得来。这样的豆腐干，吃起来有股王观味。

前面已经向读者诸君介绍过，这豆腐干，黄豆磨成豆浆制成。乡里人称黄豆，为王豆。王观味，便是黄豆磨成豆浆所特有的味道，似腥非腥，不太好闻。如此，豆腐干的口味便差了。

城里人颇讲究，饮食得卫生。油炸豆腐干的好处，一目了然：干净。其实，如果油这一关把持不好，油炸食品也是很容易出问题的，不只是豆腐干。前几年，地沟油事件闹得沸沸扬扬，害人不浅。

汤煮的豆腐干，与油炸的相比，则另有一番味道。汤煮豆腐干时，又加入了黄豆芽之类起鲜食材，食用时浇上了水大椒，辣辣的，香香的，味道很是鲜美。如若再另外加入陈苋菜馆汤，老远便能闻到一股异香。正是乡民们常挂在嘴边的那句话："生臭熟香。"说的就是这类吃食。由此，煮豆腐干，派生出另外一个分支：煮臭干。

煮臭干，尤为进城打工的，还有就是蹬三轮的、拉板车的所喜欢。在我的印象里，傍晚时分，那些城乡接合部的工棚里，三五成群的农民工，劳作了一天，扳上一瓶"二两五"（小瓶装酒），既解乏，又好入眠，免得惹是生非。这时的下酒菜，便是熏烧、烂芽豆、煮臭干之类。

对于普通居民而言，晚市上有卖熏烧、烂芽豆、臭豆腐干之类风味小吃，家中便当了许多。偶或来了不速之客，无妨，寻至巷头老卖主的摊点上，买上几样下酒菜，花钱有限，便可待客。这当中，煮臭干，少不得。

豆腐皮儿与豆腐干走向不同，极少进地摊，多在菜市场、超市里销售。这两者的身份差异至此便显现出来：豆腐干成了风味小吃；豆腐皮儿，成了进菜市场、进超市的销售食品。

不知豆腐习性者，对豆腐皮儿从何而来，很有些百思不得其解。心想，豆腐嫩嫩的，用手去拿时尚需技巧，得养水托起。稍不注意整块豆腐便会弄碎。要说如此细嫩的东西，尚有什么"皮儿"，怎么可能呢?!

然，我们当地人，都知这豆腐皮儿是怎么回事儿。它当然不是豆腐的皮儿。黄豆制成豆腐之后，"皮儿"就无从谈起矣。读者诸君已经知道，豆腐皮儿，是豆浆点卤前的产物。豆腐皮儿，纯粹一锅浆的油汁，以每锅仅挑一张为宜。如若多挑，不仅“皮儿”品质下降，而且再想点卤做豆腐，其所做豆腐便泛“渣”矣。

豆腐皮儿出身门第本来就不低，加之厨师之手，或用鸡汤单烧，其鲜无比；或切成细丝制成凉拌菜，清凉爽口，别有风味；或用以包裹各式馅儿，红烧，油炸，皆有其独到口味。

多少年过去了，我至今还记得有一年在外地读书回家过春节，母亲做的一碗青菜头白烧豆腐皮儿。但见那碗里，青菜头青，豆腐皮儿白，青青白白，赏心悦目。味鲜无比的豆腐皮儿和青菜头，让我不能停箸。

那馋样儿，让母亲好开心哦。

八

对苋菜馉有所认知者，脱口而出的便是：“生臭熟香。”“生臭熟香”一词，所调动的味蕾记忆，便是咀嚼苋菜馉滋生出来的美好。这是现时的孩子，很难体会和理解的。

家乡一带的苋菜，有红苋菜和白苋菜两种。红苋菜，不是通常的红，其叶，其茎，均呈紫红。食用红苋菜做成的菜也好，汤也好，那种鲜、艳，极其醒目。如若你有幸食得一碗白米饭，那碗里的饭米粒儿，顿时鲜红起来。没有条件盛一碗白米饭也不要紧，盛饭的碗具选用白瓷的，那汤汁挂壁定然一样鲜、艳。如今喝红酒者日众，很多人讲究挂壁，是另外一回事，不赘述。

白苋菜，其实也不是名副其实的白，只是较红苋菜而言，可称得上无色，故以白冠其名。白苋菜，其叶和茎通常为青绿色，嫩的白苋菜，和红苋菜一样，可以掐取其叶，断取其茎，入菜。常见的有苋菜豆瓣汤、青蚕豆烧苋菜之类，家常菜罢了，没有什么特别的。

苋菜也好，蚕豆也罢，本身并不具备调味功效，做出的菜，是否鲜味，仅靠原有食材是不够的。这类家常菜，调味几乎无一例外选择外加。只要翻过《红楼梦》都会对一道茄鲞赞不绝口。原著中，曹雪芹借王熙凤之口，是这样介绍的——

> 这也不难。你把才下来的茄子把皮签了，只要净肉，切成碎丁子，用鸡油炸了，再用鸡脯子肉并香菌、新笋、蘑菇、五香腐干、各色干果子，俱切成丁子，用鸡汤煨干，将香油一收，外加糟油一拌，盛在瓷罐子里封严，要吃时拿出来，用炒的鸡瓜子一拌就是。

寻常人家自然不比贾府。然，就是现在说到的苋菜，作同样处理，无论是烧汤，还是做菜，在我的印象里，都是红苋菜更味鲜可口。这当中，那鲜且艳的红色，给味蕾的刺激看来是不小的。难怪人们对菜品，讲究色、香、味、形，极有道理。

这红苋菜和白苋菜相较，似乎红苋菜轻易占据了上风。然，我们将它俩的生长期放长一点，让它俩长出粗壮的茎秆之后，便可成为制作苋菜馉的食材。这时，白苋菜会因为其茎秆粗，肉质多且嫩，而实现逆转。

腌制苋菜馉时，须弃叶，取其茎秆，切段，来完成腌制前的原材料准备。这一红一白，两种苋菜，其茎秆，红者细，少肉多筋；白者粗，肉多且嫩。如此，乡民们腌制苋菜馉，多选择白苋菜茎秆，而不是红苋菜茎秆。当然，红苋菜茎秆也不是不能腌苋菜馉。我家腌苋菜馉时，红苋菜馉、白苋菜馉一视同仁，是一样腌的。只不过，平时选择时，多取红苋菜做菜，不让其生长过老。而白苋菜，则有意多让其生长，以便日后腌苋菜馉之需。

要想腌制出一款风味独特、生臭熟香的苋菜馉，其中的奥妙在于要有老卤。这老卤，便是陈年苋菜馉汁。只要保管妥善，那卤汁，自然是愈陈愈好。愈陈味愈足，渗透力愈强。

有这方面生活常识者都知道，老苋菜馉不好吃，在坛子里浸泡时间一长，便空掉了，咀嚼起来只有渣滓，没有肉，只能尝其味。然，这老苋菜馉的卤汁，就大不同矣。有如做面点之酵母，作用特大。

加入老卤腌制的苋菜馉，炖熟之后，口味更醇，更香。吃干饭，喝稀粥，挺下饭的。嫩苋菜馉，可以整段儿咽到肚里去，不妨事。农家孩子常喜欢比着咽呢。

男人们则多半爱夹上几段苋菜馉，堆到蓝花大海碗上，捧着饭碗蹲到家门口的巷子上，边吃饭，边拉家常。看着一帮大男人扒两口粯子饭，嚼一段苋菜馉，腮帮子一鼓一鼓的，越嚼越有滋味。再扒饭，再嚼。之后，吮其汁，吐出渣。那模样，似乎比吃皇帝老儿的山珍海味都过瘾。令尾随在那帮男人身后的小孩子们很以为奇。

那“瓜菜代”的年月，农家饭桌上，常以青菜为主食，不少健壮的汉子，耐劳的农妇，均得了青紫症，对绿色食物产生了厌恶感，怕吃青菜，亦怕青菜腌制的咸菜。因而，饭桌上，一见那红叶、红茎的苋菜，自然有了胃口。此时餐桌上，多一份生臭熟香的苋菜馉，那必然会让人胃口大开。事实上，这老陈卤腌制的苋菜馉，的确能开胃，增进人的食欲。不过，现时的餐桌上，已多年不见苋菜馉矣。

我后来发现，这苋菜馉，并没有完全从我们的生活里消失。夜晚，你我生活的城市里，说不定在哪条街巷不显眼的地方，就有个小摊位上，有人在卖油炸臭豆腐干子呢，远远的，那片街角，便弥漫在苋菜馉奇异的香味之中……那习惯了夜生活的夜猫子们，或塑料袋装，或竹扦儿串，男男女女，叽叽喳喳，边走边咬嚼臭干子，全然一副快活样儿，也不在乎自己的吃相是靓是丑矣。

这种直呼其名的臭干子，被那些“80 后”“90 后”“00 后”，叼在嘴上，在城里畅销起来，倒是令我们这些年过花甲之人颇感意外。

无论他们对用陈苋菜馉汁炸出的臭干子多么青睐，我想，他们也很难理解父辈祖辈们对苋菜馉所怀有的那份情感。苋菜馉的生臭熟香，留在我们这一代以及我们上一代人脑海里的，实际上是一段岁月难忘的记忆。

九

辛弃疾的一句“春在溪头荠菜花”，让荠菜名声大振，为更多人所熟知，进入了众多作家的笔下。

颇喜引经据典的周作人先生告诉我们，《西湖游览志》中记载——

> 三月三日男女皆戴荠菜花。谚云：三春戴荠花，桃李羞繁华。

又说，顾禄的《清嘉录》同样记载——

> 荠菜花俗呼野菜花，因谚有三月三蚂蚁上灶山之语，三日人家皆以野菜花置灶陉上，以厌虫蚁。侵晨村童叫卖不绝。或妇女簪髻上以祈清目，俗号眼亮花。

顾禄的这段文字，点出了荠菜的药理。元人吴瑞在其《日用本草》中曾言明，荠菜凉肝明目。典籍也好，药理也罢，并非我们这些芸芸众生所特别看重。常言说，民以食为天。荠菜以其鲜美的味道，为我们的肠胃所青睐，给我们的味蕾以美妙享受，其重要不言而喻。

我采挖荠菜，时间跨度之长，连我自己都感到吃惊。不仅孩提时代采挖过，几十年之后的前几年，我也还在一处鱼塘边上采挖过。而那次鱼塘边上的采挖，实在说来，是次意外收获。

原本被友人邀约去做一回姜太公，来一次渭水河边造旧业。不想垂钓成效不大，却意外发现脚下的荠菜，叶色嫩绿，株体壮硕，一大片连着一大片，颇具规模，蓬蓬勃勃，长势颇旺。根本不像是野生，倒似人为种植的了。

与我同行的妻子，本来就不看好我的钓技。这下，便喜滋滋地采挖起荠菜来，比先前垂钓时更带劲儿。不一会儿，满满两大塑料袋的收获，是我有史以来采挖荠菜最多的一次。当晚的一餐荠菜馅儿水饺，更是让我胃口大开，大呼过瘾。早把医生控制饮食的忠告，扔到爪哇国去矣！荠菜的那个鲜嫩劲儿，真的无法用语言形容。

怎么办？只有求助于与我有同乡之谊的里下河“文曲星”汪曾祺先生。关于荠菜，汪先生著文，这样介绍——

“荠菜是野菜，但在我的家乡却是可以上席的。”他进而详细介绍说，“荠菜大都是凉拌，炒荠菜很少人吃。荠菜可包春卷，包圆子（汤团）”。

他老人家还特别介绍了自己在北京一家名店吃过的一道名菜：翡翠蛋羹。一只汤碗里一边是蛋羹，一边是荠菜，一边嫩黄，一边碧绿，绝不混淆，吃时搅在一起。这道翡翠蛋羹，让他颇为感慨，“这种讲究的吃法，我们家乡没有”。

从汪先生的介绍中得知，高邮不仅没有翡翠蛋羹，也没有用荠菜包馄饨的。这倒让我有点意外。在我看来，荠菜既然能包饺子，当然也能包馄饨，既没有实操上的难度，亦没有食理上的不许可。我可以负责任地说，新鲜的荠菜馅儿，无论是包水饺，还是包馄饨，都是鲜美可口、诱人食欲的。

当然，汪先生说高邮没有用荠菜包馄饨的，那一定是实情，一定是没有用荠菜包馄饨的了。何故？是三里不同风，十里不同俗？抑或是此一时彼一时也？不得而知。

与荠菜同季生长的还有一种野菜：马兰头。这种野菜，不仅我国的西部、中部、南部、东部各地有，甚至朝鲜、日本、中南半岛至印度也有，可见其分布何其广矣。

马兰头，我们那里都叫“麦浪头”。在我的感觉中，马兰头虽为正宗叫法，但终不及叫麦浪头富有诗意。在我的印象里，麦浪头，与另外一种野菜粥饭菜，可以说是相伴而生。这不免有点儿牵动荷花带动藕的意味。荠菜，麦浪头，粥饭菜，这三种野菜，皆伴随春天的脚步而来。此时，家乡多麦田，一麦碧千里。恰如《诗经》所言，“我行其野，芃芃其麦”。青青麦田间的田埂上，总能见到荠菜、麦浪头、粥饭菜的影子。

被誉为“音乐诗人”的歌手李健，前几年，写过一首《风吹麦浪》，一听他唱这首歌，便无端地想起老家麦田间的麦浪头来。

麦浪头较之粥饭菜，则叶多株壮，至根部方露淡红色，看上去比粥饭菜更泼皮。粥饭菜单株较麦浪头更小，双叶长且圆滑，无棱角，茎部稍短，呈红色。远远望去，红茎绿叶颇好看。在我的记忆里，没有比粥饭菜更小的野菜矣。

小的时候，到田野打猪草，看到粥饭菜、麦浪头，便喜欢得不得了，蹲下身去，用小铲锹挑将起来，极细心。不要误会，这可不是给猪吃的。虽然猪完全可以吃。我们这一拨生长于三年自然灾害的乡间孩子，谁没有打猪草的记忆？谁没有过过挖野菜也当粮的日子呢？

那时节，家里劳动力多的还好，在生产队干活，一年下来，年终分红时，多多少少总能从生产队会计手上拿些钱回家，置办年货和一家老小的新衣服。当然，这分红所得，不可以全部花光的，尽管花光这点钱，太容易了。家里平时用钱的地方多着呢，哪能只顾着过年，就不过日子了？往后的日子总是要过的，日常油盐酱醋之类、针头线脑之类，都得花钱。

像我家兄妹四个，只有母亲一人平时在生产队劳作，父亲很多时候在外面工作队上。如此一来，到年底，我家便成了生产队上的超支户，不仅分不到红，还要反过来给生产队上缴纳欠款。这样的情况下，日子怎么过呢？

多亏母亲勤劳，既养猪，又养鸡养鸭，每年从这些副业上，能收入不少，不仅缴纳了生产队上的上缴款，而且每年都能给我们兄妹添置新的衣裳。我清楚地记得，父母亲是不可能每年都做新衣服的，毕竟家里日常开销也出在这些副业上。其时的家中，我和大妹妹已经上学读书，也需要花钱。那时是没有义务教育之说的。因此上，我这样的孩子，放了学之后，抑或不上学的时候，总是要给家里猪圈里的猪打猪草的。有了猪草，猪既能长大，又能少吃点家里的饲料，节省开销。

然，碰到粥饭菜、麦浪头这样的野菜，还是舍不得给猪吃的。

那大河两岸的圩堤上，抑或是麦田间的田埂上，朝阳的所在，粥饭菜、麦浪头往往成了片。碰到一处，便是绿绿的一大片。粥饭菜成了片，一般高矮，看上去很平整，似平铺在地面之上。而麦浪头，则簇成团，一簇簇，一团团，很是繁茂。这刻儿，甩开膀子，尽管挑。挑得心里喜滋滋的，忘了尚需打猪草的正事，也是常有的。

回家，只有乖乖地等家里大人撕耳朵、凿刮子、没嘴瓢。说来，我的童年是极幸运的，母亲从未因为这种事打过我。而我上学读书，有相当一部分时间，是和外婆在一起生活，她老人家，对她的宝贝外孙，疼爱得不得了，我做错了事，她都难得有个高声，哪里肯动手哕！

洗汰干净的粥饭菜、麦浪头，切碎，煮了野菜粥，香喷喷，鲜滋滋，一口气喝上几碗，美得没法说。闹粮荒的年月，粥饭菜、麦浪头救过不少人的命。

有那么一阵子，人们似乎不记得粥饭菜、麦浪头了。等到它们重新被人提起，那是因为这原本野生的物种，进了塑料大棚，进行人工种植矣。

这粥饭菜、麦浪头来源多起来，想着用它们的人也就多起来。每日做早点的包子铺、小吃店，开始以此为原料做点心，包水饺、馄饨，还真是上好的原料呢。

眼下，我们那里各家风味小吃店，包水饺，包馄饨，甚至居民家中包春卷，所用的馅儿，不只有大蒜、药芹之类，用荠菜、粥饭菜、麦浪头的逐渐多起来了。看起来，这粥饭菜、麦浪头切碎，与猪肉混制成馅儿，无论是包饺子，还是包馄饨，煮熟品尝，其口味远超出那大蒜或药芹做成的馅儿，亦不比荠菜馅儿差。那味道，清香，奇鲜。

这粥饭菜、麦浪头，可以做菜的地方多矣。其中，清炒或凉拌，皆能得其真味，且为时令小菜，亦已上了寻常百姓之餐桌。其实，这种做法，早已有之。袁枚那部著名的《随园食单》中，就曾收录麦浪头凉拌的做法：“马兰头菜，摘取嫩者，醋合笋拌食之，可以醒脾。”

周作人先生笔下的“紫云英”，我们小时候也是经常在餐桌上见到的。诚如周先生所言，“花紫红色，数十亩接连不断，一片锦绣，如铺着华美的地毯”。这样的表述不难看出，紫云英已由原本野生，变成了人工种植。

事实正是如此。在我的记忆里，早年间，我们那里每个生产队都会成片成片种植紫云英的。只不过，我们称其为红花草。乡里人，看重的是实实在在过日子。红花草之称谓，较之紫云英少了份浪漫，多了份实在。与红花草一同种植的还有黄花草，皆为肥料之用。

“采取嫩茎瀹食，味颇鲜美，似豌豆苗。”周作人先生这样的味感，与我倒是颇一致。他的一句“似豌豆苗”，不仅点出了另一食材，而且让我想起一个人来。

算起来，还是在我读初中的时候，我的班主任老师是位南京女知青，漂亮一词是不足形容她的。她那长发及腰的韵致，令不少男教师着迷。

她有一特别嗜好，喜食豌豆苗。那时，豌豆也是各个生产队成片成片种植的。种植豌豆的时节，豌豆地里的豌豆苗，多了去了，想怎么掐就怎么掐，几乎没人管的。

班上的一帮小男生，人小鬼大的，抢着给班主任老师送嫩豌豆苗。久而久之，这些细猴子给班主任老师送了个“豌豆苗”的别号。你还别说，豌豆苗的那份纤柔，与班主任老师颇相宜。

至今都不知，当事人是否知晓此事。

十

一九二九不出手；

三九四九冰上走；

五九六九沿河望柳；

七九河开，八九雁来；

九九加一九，耕牛遍地走。

这首《九九歌》，我们小的时候，可谓耳熟能详。尤其是到了数九时节，踩着河面上的冰，吟着这则《九九歌》，蹦蹦跳跳奔向学校。那时节，真冷。一步一脚地走，那还不冻死人噢！

我刚读小学一年级时，就读于本村的“村小”（乡村年级不完全小学，叫村小。一般没有小学高年级）。从家里到学校，出门不远便是一条大河。

这条大河，多年之后被我冠以“香河”之名写进了自己的作品中。夏天，香河是我们乡里孩子的水上乐园；冬天，却成了我们上学路上的拦路虎。

为何？那时，河上没桥。冬天的香河上只有渡船，无人摆渡的那种。要过河，只有自己拉渡船两端的渡绳。入冬水冷，冷出一根根冰针，扎得小伙伴们的手生疼。这种情形下，小伙伴们谁也不愿意一大早就去拉湿漉漉、冰冷冷的渡绳，反而盼望天冷得更快一些。

又为何？进入数九天，香河便结冰矣。所以，“三九四九冰上走”，我们这些孩子是有发言权的。每天都走着呢！

这样的时节，乡村的景象是肃杀的。然，就在我们经过的香河圩岸、堤埂之上，不经意间就会发现，有开着小黄花的麻菜，一簇接着一簇，顶着寒风，顽强地生长着。那深绿的菜叶儿，金黄的小花，在一片枯萎中，特别显眼，给人些许温意，些许亮色。

可别小看了这些野生麻菜，做三腊菜时，便是上好的原料。众所周知，麻菜，属芥菜类蔬菜。李时珍在《本草纲目》中记载道：“芥，性辛热而散，故能通肺开胃，利气豁痰。”

这种野生麻菜，生命力颇为旺盛。在严冬里，风风火火地生长着，经风历雨，花开籽落，繁衍生息，绵延不绝。

麻菜的采撷，多在入冬以后。我们这些农家孩子放学之后，春天要出门挑猪草，冬天便到野外挑麻菜。和挑猪草不同，挑这种野麻菜，菜根千万不能丢弃，不能随意切断。得注意留着，作用大着呢。

挑回来的麻菜，经大人的手，一棵一棵收拾停当，之后，扎成一串一串的，悬于房屋朝北的檐下，风干半月左右，便可进行三腊菜的加工。

切碎，为头一道程序。将风干的麻菜，切成细碎的半颗粒状。处理麻菜根时，不可采用一刀切之办法断除其根。应区别对待，绝大多数麻菜根，只需略加切削即可留用。之后，用刀细切，碎且匀，方妥。“一刀切”和“切一刀”为不少地方当政者所推崇，看似简便易行，实则容易流于简单化，难以将事情处理到位。这麻菜根，挑的时候就关照过家里的孩子要留着，此时一概剔除，可惜矣。

火燠（方言，读音如“育”）。这是一道蒸干程序。半颗粒状的麻菜，倒入锅中，用文火慢燠。其出锅时间，主要是看麻菜的色泽。我们平常说的一个词儿叫：半生不熟。此时，这一词儿可用来作为麻菜出锅之参考。麻菜没完全熟，尚且半生，便可出锅。这火候把握之好坏，直接影响后面三腊菜的品质。

配料，为第三道程序。所配之料主要有：萝卜干细丁、熟素油、细末花椒盐等。这里的萝卜干细丁，是弥补麻菜根部被切除之不足，增加三腊菜食用时的口感，所谓“嘎嘣脆”是也。将配料与麻菜进行均匀搅拌，等待下一道工序。

最后一道程序，装瓶。装瓶前，先散热，不至闷黄麻菜。闷黄的麻菜，也就变相增加了其熟度。食用时“通泰感”便差矣。请注意！用来装麻菜的瓶儿不宜大，以扬州酱菜瓶为最佳。装瓶时，要压紧，密封，使其原味百分百保留。两周之后，即可上市。

新近上市的三腊菜，呈青绿色，鲜中带脆，可醒酒，解腻，通肺，开胃。食用时偶或有股辣气穿鼻而出，不觉眼中盈盈，口中嗞嗞，皆麻辣所致也。然，胸中浊气顿释，备感舒爽，通泰。岂不妙哉?!

据传，我家乡的大文豪施耐庵，在其著述《水浒传》时，曾深入民间采风，到达兴化安丰一带，就曾品尝过当地的三腊菜。没有考证过。不过，施公的巨著中倒是弥漫着一股冲天豪气，这跟三腊菜的品性还真相像呢。在安丰还流传着一则民谣:“安丰有三怪:豆腐当头菜，红烧鱼不动筷，家家有个三腊菜。”

在三腊菜原产地安丰这一带采风，施耐庵先生食用过三腊菜，想来是极有可能的。三腊菜，因多半在三九时加工，故谓之“三腊菜”。袁枚在《随园食单》中，对芥菜的制作，介绍了四则，不妨与三腊菜的做法相互参照。

香干菜

春芥心风干，取梗淡腌，晒干，加酒、加糖、加秋油，拌后再加蒸之，风干入瓶。

冬芥

冬芥名雪里红。一法:整腌，以淡为佳;一法:取心风干，斩碎，腌入瓶中，熟后杂鱼羹中，极鲜。或用醋煨，入锅中作辣菜亦可，煮鳗、煮鲫鱼最佳。

春芥

取芥心风干，斩碎，腌熟入瓶，号称“挪菜”。

芥头

芥根切片，入菜同腌，食之甚脆。或整腌晒干作脯，食之尤妙。

十一

老家人的饮食搭配，一提到香肠，几乎无一例外会配上另一食品——变蛋。

我们都有这样的体验，两片香肠夹一块变蛋，咬在嘴里，变蛋的软滑与香肠的脆韧交融在一起，口中咀嚼的质感变得多重，不像单吃香肠，抑或单吃变蛋，口感单一。此外，香肠的香和变蛋的香，融合在一起，滋生出多重香味，淳厚饱满。这似乎诱人去思考和发现食物中所蕴藏着的那些不为人知的一切。

变蛋，也叫松花蛋。质量上乘的松花蛋，玲珑剔透，看得见蛋体中的松花图案，精妙得很。香肠，是用猪小肠，抑或猪大肠灌制而成。根据灌制肉馅的口味不同，分川式肠和广式肠，前者味辣，后者味甜。

而我们那一带的香肠，既不是纯粹的辣，也不是纯粹的甜。在我的味觉里，是咸香肠。这种咸，不是纯粹的苦咸，是咸中带香，咸中起鲜。似乎比川式和广式，更适合我们当地人的味蕾。

早先，我父母亲每年都要自己动手灌些香肠的。一来，过年时家里来亲戚时好用；二来，给我过了年离家时带些走。这样的做法，从我到外地求学，直至调离家乡去另外一个城市工作，都一直保持着。

虽说那时候生活并不富裕，物质条件艰苦，但每年春节的走亲戚，热热闹闹，雷打不动。整个大家族，整个亲友圈，都是要走亲戚走一遍的。这当中，最最开心的要数孩子们，见了平常不常见的表兄妹，得到了平常得不到的礼物，一连多少天在亲戚家里吃各种各样好吃的，那份开心，是现在的孩子所不能体会的。

有走亲戚，就有接亲戚。我至今都记得，我们家接亲戚（请客），总是要分几个批次的：门上同宗的长辈、平辈、晚辈，为一批；亲戚当中，父亲这方面，有姑父、姑姑，表兄妹们，又一批；母亲这方面，有外婆、舅舅舅妈、姨娘姨丈，当然也有表兄妹们，等等，再一批。总之，一支庞大的亲友团，尽量面面俱到。偶有疏漏，那就得打招呼。

接亲戚时，父母亲颇费一番心思，也要想办法弄出几盘几碟，几个炒菜，几道烧菜。几盘几碟，是指凉菜，讲究的要十道凉菜，少一点也要八道。现在我的笔下就有三道：切香肠、切变蛋、切香肚。

在餐桌上，往往是变蛋紧靠着香肠，放在一起是为了方便亲友们搛夹。偶尔性急的小年轻，夹了片香肠就往嘴里放，桌子上的长辈便会关心地责怪："细呆伙，夹上变蛋吵！"小年轻会嘿嘿地笑两声，很是为自己筷子动早了，有些个难为情。

或许是我依念父母的缘故，在我的记忆里，街上副食品商店买的香肠，总不及父母亲动手灌的香肠更香醇入味。离开家到外地读书也好，毕业后在外地工作也罢，那些年父母亲都会准备一些家里灌制的香肠给我，年后慢慢吃。母亲总是说，上学读书嘴苦。在那时候，香肠算是美食矣。工作之后，母亲又会说，工作为重，忙不过来，锅里蒸上几根香肠，也好下饭。做父母的，心里总是装着自己的儿子。

其实，家里灌香肠，反而没有专业工厂复杂。猪小肠洗净后，先清理掉肠衣内的零碎物，然后用篾制刀具在肠衣上刮，这叫刮肠。刮肠的目的，是让肠衣薄到几近透明。如此灌出的香肠，蒸煮出来更为香脆。刮后的肠衣，还需要用食盐反复搓捏，去腥味，晾干后方可使用。

备料，是家里灌香肠的重要一环。猪肉的选取，在肥肉与精肉的搭配上，要把握好。多为三七开，七分瘦，三分肥。过肥则腻，过瘦则干，均不理想。选好的猪肉，在灌制之前当然需要剁碎成馅儿。需友情提醒的是，灌香肠用的猪肉馅儿，不可剁得过细，过细香肠没咬嚼，咬劲差，味道也就差。

香肠的灌制当然离不开食盐、酱油、白糖、曲酒，以及葱蒜末、生姜米、五香粉之类调味食材。而上述所列前四种主料的配比同样重要，直接影响香肠的口味。

和好配料的肉馅，稍作腌制便可灌入肠衣。灌肠时，挤压劲道要适当，填压密度也要适当。过松不成形，过紧会爆肠。这里有个小窍门，每灌一段，用线扎一下，以保证肠衣内无明显漏空。

刚灌制好的香肠，既不能暴晒，又不能闷着，必须挂至通风处晾晒。晾晒，让香肠保有一定湿润度，同时将应蒸发的水分蒸发掉，不致使香肠变味。

同为灌制，灌香肠用的是猪小肠，而灌香肚用的则是猪尿泡。

香肚，在南京人嘴里被称为冰糖小肚，一是因其形如苹果，娇小玲珑，故有小肚之称；二是因其选料好、腌制精，回味甜，有如加入冰糖一般。

其制作过程中，填料颇为讲究。猪肉须用猪后腿瘦肉，剔去皮、筋、骨，切成筷状细条肉，加上少量肥肉。通常为八分瘦肉，配两分肥肉。再配以细盐、白糖，以及花椒、八角、桂皮等调料，拌匀，腌制，之后便可灌肚。

灌肚讲究边灌边揉边转，让肚内肉至紧密，用细线扎口。此时，再来一次回头看，检查一下香肚内是否有水分挤压出来，是否有不留意而形成的空隙。处理方法颇简，用竹签在肚坯上穿孔，即可。

灌制好的香肚，经过日晒、风干、发酵等，方为成品。食用前，又须先浸泡，再煮沸，再停火焖，直至熟透。上餐桌之前，先去表皮，腰断成半圆后切成薄片装盘。此时，食客面前的香肚，瘦肉红，肥肉白，红白相间，很是诱人食欲。

据传南京彩霞街有家周益兴火腿店制作香肚颇负盛名。清人袁枚所著《随园食单》中就有这样的记载："周益兴铺在彩霞街，八十多年，专制售小肚，闻名大江南北。"

看来这袁才子的话，也要推敲推敲才是。这周益兴明明还做火腿，何来“专制售小肚”之说呢?

在我们老家的圩南地区，人们又把香肚叫作和尚头。这香肚，在未切开装盘之前，外形圆滑，与出家僧人的头颇为相似；再加之说，其首创者为一位法号慧褒的僧人，故而落得和尚头之称谓，倒也在情理之中。

话说唐王李世民，为不忘当年救命之恩，下令在兴化圩南建了座护国寺，有位法号慧褒的年轻和尚出家到此。年轻僧人，身怀祖传烹饪绝技，怎奈佛门有戒荤之禁规，于是乎，年轻僧人只得背着当家师悄悄施展自己的厨艺：将猪肉与豆粉搅拌，配些高味作料，制成一种叫香肚的吃食。

虽说，众师兄偷偷品尝后无不称道。无奈，当家师不能容忍。慧褒只得还俗离开寺庙，在小镇上开了一家小店，以卖香肚为主，维持生计。其时，尚无专利之说，小和尚的妙法便从民间渐渐传开。从此，我们那里便多出了一道凉菜——切香肚。

这圩南地区的香肚制作和南京香肚制作还是有些差异的。圩南一带在原料上，除猪肉之外，增加了豆粉。其制作过程是，先将猪肉切成肉丁，然后放上生姜、葱、酱油、细盐、味精和红色素等作料，再加入适量豆粉，均匀拌搅，制成团状，塞进洗净的猪尿泡。最后外加一层纱布，入锅蒸煮至熟。晾上个把时辰，便可切成薄片，置盘中而作下酒之物矣。

这里不难看出，圩南香肚是鲜制，而南京香肚则是风干发酵。因此，前者随时可以食用，而后者则需要等待两个多月，方可享用。

时代的发展，往往会突破人的思维局限。譬如香肚，这样一款一百二十多年前的传统食品，现在竟老树发新枝，与比萨饼的制作工艺联姻嫁接，其中有一款香肚菠萝比萨，很是风靡。没品尝过，也就没有发言权。真的不知道，这样的跨国嫁接，究竟有多少生命力呢?!

（2022年9月23日于海陵莲花）

水　食

地处苏北里下河腹地的老家兴化，是这一地域颇具美誉度的水乡。这水，由河湖港汊装着，由众多水田盛着，于是乎，滋生出菱藕、茭白，还有荸荠、慈姑之类水中美食。如若稍做细分的话，菱藕、荸荠和慈姑，属人工栽种；而茭白，多为野生，少有人工栽培。还有一点，菱藕和茭白多半生长在河湖港汊；荸荠和慈姑，则在水田里栽种。家乡的藕田，比邻近的宝应知名度似乎要小一些。宝应是名闻全国的荷藕之乡，人工种植河藕始于隋唐。与宝应稍有不同的是，家乡现在成片成片的藕田，主要是为了观赏，所谓“万亩荷塘绿，千垛菜花黄”是也。

一

菱蓬在故乡河汊之上出现，时令已是夏季。乘船而行，河面上满是菱蓬，傍着堤岸，铺向河心。几丈宽的河面，仅留下船行道。倒也有些宋人杨万里“菱荇中间开一路，晓来谁过采菱船”

之诗意。

菱蓬长得旺时，挤挤簇簇的，开着四瓣小白花。远远望去，绿绿的，一大片，一大片，随微波一漾一漾的，起伏不定。白白的菱花落了之后，便有嫩嫩的毛爪菱长出。

菱角，因其肉味与栗子仿佛，且生长于水中，故有“水栗子”之称。明代大医药学家李时珍在他那部著名的《本草纲目》中这样记载：菱角“其叶支散，故字以支；其角棱峭，故谓之菱”。古人曾将四角菱、三角菱，称为“芰”，而两角的，才称作“菱”。唐诗人郑愔曾有诗云：“绿潭采荷芰，清江日稍曛。”

我们那一带的菱角，种类单一，多为四角菱，当地人称为“麻雀菱”。是何道理，弄不清爽。间或，也有两角的“凤菱”。红红的颜色，颇好看。至于那瘦老、角尖的“野猴子菱”，则是野生的，吃起来，戳嘴得很，没人喜欢。

家乡人种菱，喊作“下菱”。上年备好的菱种，用稻草缠包着，在朝阳埂子上埋了一冬，早春挖出来，到河面上撒。大集体时，一个小队几条水面；分了田，便是几户人家合一条水面。下了菱种的水面，在端头的堤岸上，做起两个土墩，扑上石灰，行船的看那白石灰墩子就晓得这河里下过菱了；罱泥罱渣的，便不在这儿下泥罱子、渣罱子了。

翻菱，是件颇需本事的活计，胆子要大，手脚要灵，多是女子来干。

家乡的女孩子，多是翻菱好手。一条小木船，前舱横搁上船板，窄窄的，颇长，似飞机翼一般伸向两边。翻菱人蹲在船板上，墨鸭似的。后艄留一人撑船。这前舱的人，上船板要匀，否则，船板一翘，便成了落汤鸡；后艄撑船的，讲究船篙轻点，不紧不慢，快了菱蓬翻不及，慢了又费时。

试想，绿绿的河面上，五六个女子簇在一条小船上，定然是色彩斑斓，于流水潺潺之中，菱蓬起落，嬉笑不断。

我这里所说的“翻菱”，到了古代文人的笔下，便是文气十足的采菱了。唐代诗人刘禹锡，其诗作《采菱行》中就有这样的诗句：

白马湖平秋日光，
紫菱如锦彩鸳翔。
荡舟游女满中央，
采菱不顾马上郎。

刘梦得写出了白马湖上采菱女欣喜欢悦的情形。而南北朝徐勉的一首《采菱曲》则写出了少女的相思。其诗有云：

相携及嘉月，
采菱度北渚。
微风吹棹歌，
日暮相容与。

采采不能归，

望望方延伫。
倘逢遗佩人，
预以心相许。

这样的情形，在我们所处的年代是不可见矣。自从分田到户，不仅地分了，水面也分了。大集体时，一个生产队社员集中在一起劳作的场景不见了。就连下菱种，也都变成各家各户自己的事情啰。

现在翻菱，很少撑船了。几张芦席大的水面，多半由家中姑娘，抑或媳妇，划了长长的椭圆形的澡盆，便可翻菱。

人蹲在澡盆内，双手作桨，边划边翻，翻翻停停，停停翻翻。此法，更需平衡之技能。稍稍一斜，便会翻入河中。小木盆停在菱蓬上，翻过一阵，再向前划一段。之后，停下再翻。如此反复，用不了多少工夫，芦席大的水面，皆翻遍了。大姑娘，或是小媳妇，此刻便不能坐于澡盆里了，她坐的位置已被水淋淋、鲜嫩嫩的菱角所取代了。她们只能将澡盆牵在身后的水面上，扑通扑通游水回家。那拍打河水的声响，响在河面上，竟有些孤寂。的确，原本嬉笑不断之所，再难有笑声漾出矣。

这菱角可入药，在《本草纲目》中亦有记载。说，菱角能补脾胃、强股膝、健力益气，还可轻身。所谓轻身，便是眼下流行的减肥，想必会受到众多女士的青睐。

还有报道称，菱角可防癌。1967 年的日本《医学中央杂志》上说，菱对抑制癌细胞的变性及组织增生均有效果，言之凿凿，不由你不信。更有热心者开出了防治之方：用生菱角肉二十个，加适量水，文火慢熬，成浓褐色，其汤汁即可服用。一日三次，可防治食道癌、胃癌、子宫癌、乳腺癌。

菱角能否防治癌症，暂且不去深究。倒是那刚出水的菱角，汰洗干净，漾出浮在水面的嫩菱，之后便可下锅煮，煮好即食。真正是个出水鲜。

嫩菱角，不煮，剥出米子来，生吃，脆甜，透鲜，叫人口角生津。对于乡间的孩子，倒是上好的零食。

若是做菜，则首推一道鲜菱米烧小公鸡。从厨艺角度，几乎不值一说。但从食材来说，充分证明菜品食材选择之重要。这道菜，取刚出水的菱角，剥成米子，再取刚打鸣的公鸡仔，白灼而成。

这样一来，这菜品便是占全了“鲜、嫩、活”三字，怎么不叫人垂涎呢？

二

与菱蓬多半生长在河道稍有不同，河藕以生长在河塘居多。细究起来，这河塘的开放度和流动性，都不及河道，这样一来，反而更有利于河藕的生长。

生长着河藕的塘，有个颇具诗意的名称：荷塘。朱自清先生那篇收入中学语文教材的《荷塘月色》，那可是知晓度极高的篇章。先生从“这几天心里颇不宁静”开篇，踱步荷塘之后心绪发生了明显变化，“什么都可以想，什么都可以不想，便觉得是个自由的人”。这对于生存于浮躁的当下，我们这些凡夫俗子是否有所启迪呢?!

不止于此，前几年有个叫凤凰传奇的组合推出了一首同名歌曲，于轻快的旋律中唱出了淡淡的忧伤，很是抓人。一时间传遍了大江南北，火了好一阵子。

好了，还是允许我回到我笔下的荷塘吧!

那时节家乡的荷塘，看上去，满是绿。圆圆的荷叶，平铺在水面上的，伸出水的，蓬蓬勃勃的样子，挤满一塘。偶有一两滴水珠，滴到荷叶上，圆溜溜的，亮晶晶的，不住地转，或滑到塘里，或停在叶心，静静的。不留意处，冒出朵荷花来。粉红的颜色，一瓣一瓣，有模有样地张开着，映在大片、大片的绿中，挺显眼的。也好看。

顺着荷叶的梗往下，入水，入淤泥，方能得到藕。从河塘中取藕，得挖。挖藕，全靠腿脚的功夫，与挖慈姑、荸荠相仿佛，只是更难。

河塘，多半不是活水。久而久之，便有异味，淤泥亦变成了污泥。从污泥中生长而出的荷花，有了“出污泥而不染”之美名。宋人周敦颐在《爱莲说》中曾极鲜明地表达自己的观点:“予独爱莲之出淤泥而不染，濯清涟而不妖，中通外直，不蔓不枝，香远益清，亭亭净植，可远观而不可亵玩焉。”

其实，荷花早出了水面，不受水污，用不着奇怪。倒是那从污泥中挖出的藕，一节一节，白白胖胖的，婴儿手臂一般，着实让人感动。

前人曾有诗云："玉腕枕香腮，荷花藕上开。"所描绘的便是类似这样的玉臂藕。这倒引出一段文坛掌故——

为避战乱的郁达夫，携妻带子到了湖南汉寿一个叫"花姑堤"的所在。其时，正是河藕飘香的时节，两里余的花姑堤，满眼望去皆是莲藕，清香扑鼻。郁才子吟咏起曹寅的《荷花》诗：

一片秋云一点霞，
十分落叶五分花。
湖边不用关门睡，
夜夜凉风香满楼。

郁达夫边吟诵，边对邀他前来的当地名士易君左道："若能在这花姑堤住下，大口大口地呼吸，才不致辜负这般清香与诗意。"

两人交谈之际，发现堤岸边，两个少女正在洗刷农人刚从藕塘里采挖上来的新藕。但见两少女皆头扎花头巾，身穿蓝印花布斜襟衫，一双会说话的大眼睛，水灵秀气得很呢。最是那持藕的手臂，嫩，且白，与洗净的藕节一样，雪白雪白。这郁才子几时见过这样的场景哟，竟顾不得有妻、子在场，被少女身上散发出来的健康美击晕了。此时，他真的分不清哪是藕，哪是少女的手臂。

"这就是传说中的玉臂藕！"易君左在一旁悄悄提醒道。

两个少女见两位长衫先生，如此注视着她们刷藕，几乎入了迷，便唱起了采藕歌：“长衫哪知短衣苦，消闲无聊乱谈藕。”

这下，郁才子诗兴来了，连忙回应道：“只因不解其中味，方来宝地问花姑。”

当少女知道，眼前应和自己的是位大文豪，也羞涩地邀请郁达夫一行到她们家中品藕。待少女呈上刚采上来的嫩藕时，郁达夫望着鲜嫩有如少女手臂的藕节，迟迟舍不得动口。

“达夫先生是不舍这泥中娇物吧？”易君左借机打趣道。

这时，郁达夫已无退路，只得张口便咬。只见那藕丝从他嘴角一直拖出，长长的，并不肯就此断下。弄得郁先生是继续吃也不是，不吃也不是。那嘴角，又有藕汁溢出，模样够尴尬的。两个少女见大文豪如此状况不断，只能掩面而笑。

拿着少女赠送的长节嫩藕，让郁才子对这乱世之际的清雅偶遇，感慨万千。一如手中散发着的藕之淡香，让人眷恋。

其实，不只是文人雅士对这藕情有独钟。在民间，藕也是有着成就美好姻缘之佳话的。在故乡一带，八月中秋一到，河藕便贵起来。何故？

在乡间，到了年龄的青年男女，正月里想办大事，男方得让女方心中有数，有个准备。于是，备了月饼、鸭子之类，其中，少不了一样：河藕。在中秋节前，由女婿送到老丈人家里。这便叫“追节”。

追节的河藕，颇讲究。藕的枝数得逢双。藕节上，要多杈，且有小藕嘴子，万不能碰断的。断了，不吉利。被乡民称为小藕嘴子的，有正规叫法——藕枪。如若偏老一些的，则叫藕朴。乡里人腹中文墨有限，叫喊起来，并没有那么多的讲究。

常言说，藕断丝连，此话不假。我们从郁达夫先生咬藕的经历中也看到了这一幕。对于普通乡民来说，他们不一定在意郁达夫先生的尴尬，当然也就不会在意那挂在先生嘴角边的藕丝。

然，故乡人做一种常见的风味吃食——藕夹子，这时便会真切地体会“藕断丝连”一词的意味也。

做藕夹子，首先要将藕切成一片一片的。这时，便可发现，藕切开了，那丝拉得老长，依旧连着。

将切好的藕片，沾上调好的面糊，丢到油锅里煎。这是做藕夹子的又一道工序。滚开的油锅，藕夹子丢进去，用不了多会子便熟了。煎藕夹子，香、脆、甜。

考究的人家，两片藕中间夹些肉馅之类，再煎，味道更好。

用河藕做菜，真正考究的，是做藕圆子。用芝麻捣成馅儿，做得小小的。藕，不是现成的藕，得用藕粉。有了芝麻馅儿，有了藕粉，再备一只开水锅，便够了。

做的程序如下，将做好的芝麻馅儿丢在藕粉里，轻滚。藕粉最好放在小竹匾子里，好滚。滚，讲究的是轻，是匀。不轻，散了架；不匀，不上圆。滚过一层，丢进开水锅里煮，一刻捞起，晾干，再放在藕粉里，滚。如此反复。一层一层，滚到一定程度，藕圆子便成形了。

将藕圆子做成餐桌上的一道甜点，远在橘子、蜜桃、菠萝之类罐头之上。那藕圆子，香甜俱备，自不必说。轻轻一咬，软软的，嫩嫩的，滑滑的。

据说，乾隆年间的江南才子袁枚，天生爱吃熟藕，尤爱那种嫩藕煮熟后的味道，软熟糯香，咬下去又有韧劲。

江南一带的熟藕，除了糯米藕，还有糖醋藕。这在袁枚《随园食单》和民国张通之《白门食谱》两部著作中，都曾分别作过记述。关于糯米藕的做法，袁才子的记述如下：

> 藕眼里灌入糯米，用红糖蜜汁煨熟，与藕汤一起煮，味道极好。

而张通之讲糖醋藕的做法，也很简单：

> 切成薄片，以糖和醋烹成，最耐人寻味。过几天，依然香生齿颊。

故乡常见煮河藕卖者，用一大铁锅，老大的，支在柴油桶做成的炭炉上，立在路旁。卖河藕的，边煮边吆喝："熟藕卖啦。"上学下学的孩子，都挺喜欢买熟藕吃。

我们六十年代出生的人，小的时候，在故乡是吃不到袁才子说的那"糯米藕"的，当然更不见张通之记述的"糖醋藕"。

藕孔里灌糯米，曾经很常见的。听老辈人说，早年间卖熟藕，藕孔里都是灌满了糯米煮的。想来是三年自然灾害之缘故，人连野菜都吃不饱，哪里还有糯米给你煮糯米藕吵？

这一段岁月，早已尘封于一代人的记忆之中。如今的故乡，卖糯米藕的多起来，家中孩子们喜欢吃的，随时可买。只是一见那“甜”“黏”“稠”之汤汁，便不敢像孩子们那般狼吞虎咽了。

岁月不饶人。多糖甜食，毕竟已经不太适合年逾花甲的我们矣。

三

再说茭白。茭白在我们老家一带叫高瓜。这一称谓，不太好解。因其多靠河之堤岸生长，乘一叶小舟，傍河港、湖荡缓行，便可见堤岸边，水面上，碧青的高瓜叶儿，一簇簇，一丛丛，蓬蓬勃勃。微风吹拂之，便飒飒作响，随波起伏。

此等境况，未见其高。如若从叶丛之中摘取果实，长条状，呈青白之色，称作瓜，仍较勉强。然，家乡人就这么叫了，我自然也跟着叫呗。

高瓜，在我孩提的记忆里，总是和一头大水牛连在一起的。在那个耕地靠老牛的年代，哪个农家孩子没有干过放牛的营生?

我的记忆里就有一头大水牛，我称它为挂角将军。挂角将军，黑黑的毛，黑黑的眼睛，黑黑的牛角，长长的，弯弯的。那时候，我骑在牛背上放牛，好威风噢！那可是一个农家孩子放学后，最愿意干的活儿。

说起放牛，有童趣，也有辛苦。最大的难题，在于要让牛们吃饱肚皮。而要做到这一点，单靠在田埂上放牛，想喂饱牛肚子，难。

于是，我们那帮孩子，放学后放牛时，多半是一边放牛，一边割牛草。顶来得快，易见分量的，便是往河港、湖荡边割高瓜叶儿。牛挺爱吃的。

高瓜在很久很久以前，曾经是一种人工栽培的粮食作物呢！这是我们那帮放牛的孩子，想破脑袋也不可能知道的事儿。

据介绍，这高瓜，在古代有个专有名称："菰"。《礼记》就有记载："食蜗醢而菰羹。"而《周礼》中就已经将"菰"与"稌""黍""稷""粱""麦"合在一起，并称为"六谷"。可见周朝就有用"菰"的种子作为粮食来种植的传统。

菰的种子，也叫菰米或雕胡，在前人的诗词之中，常见这样的叫法。唐代大诗人李白就有一首《宿五松山下荀媪家》，其诗有云——

我宿五松下，
寂寥无所欢。
田家秋作苦，
邻女夜舂寒。

跪进雕胡饭，
月光明素盘。
令人惭漂母，
三谢不能餐。

同样大名鼎鼎的郭沫若，在其专著《李白与杜甫》中这样解释“跪进雕胡饭”：“古人席地而坐，坐取跪的形式”。打盘脚坐叫“胡坐”，是外来的坐法。客人既跪坐，故进饭的女主人也采取跪进的形式。这里，郭老将“雕胡饭”解释成了吃饭所取的姿势，能不闹出笑话来吗？

不只是李白，杜甫也有“滑亿雕胡饭，香闻锦带羹”之诗句。其实，这“雕胡饭”，就是用菰米做成的饭。也就是我们现在俗称的“高瓜”所结出的种子，用来煮饭。在唐代，雕胡饭是招待贵客之食，据说用菰米煮饭，其香扑鼻，且得软、糯之妙。

后来菰受到黑粉菌的寄生，植株便不能再抽穗开花，菰作为粮食种植的历史也就宣告终结矣。今天，在我国已很难见到的菰米，在美洲却仍然盛产，也算是这一物种之幸运也。由于印第安人吃它，所以被称为印第安米。

古人言，“祸兮福之所倚，福兮祸之所伏”。菰的发展变化，似乎印证了这一道理。黑粉菌阻止了菰的抽穗开花结籽，但也让一些菰的植株，茎部不断膨大，逐渐形成纺锤形的肉质茎，且毫无病象。于是，人们就利用黑粉菌阻止茭白开花结果，繁殖这种畸形植株作为蔬菜。这就是我们现在仍普遍食用的高瓜，其学名应该叫茭白。

晓得高瓜正儿八经的名字叫茭白，是很多年以后的事了。念书识字，之后在城里有了一份工作。上班上班，老听见巷子里有人吆喝：“茭白卖啦——”“茭白卖啦——”走近看时，但见十来根一扎，十来根一扎，净是高瓜。说是按扎数卖，其实，每扎斤两都差不多，卖主先前搭配妥了的。按扎卖，卖起来爽手，便当。别小看这茭白，儿时割了喂牛的玩意儿，现时一扎卖几块钱呢。

在我的记忆里，那时繁茂的茭白叶儿，在河塘、圩岸、沟渠边发疯似的生长，要是进得湖荡、港汊之中，那更是成片成片，一望无际了，有力气割去好了，没人管的。偶尔，也会有意外收获。或是在茭白叶丛之中，发现了野鸡野鸭之类的窝，拿上几只小巧溜圆的野禽蛋，也是颇叫人高兴的事。或是割茭白叶子时，割出几支白白嫩嫩的茭白来，嚼在嘴里甜丝丝的。说实在的，野鸡野鸭、野禽蛋之类不是常能碰上的，倒是那长长的、白嫩的茭白，时常割得到，掰上一个，咬一口，脆脆的，甜甜的，颇解馋的呢。

当然，更多时候，是将茭白掰下，扎成一把一把的，拿回家做菜。茭白，切成细丝子单炒，鲜嫩，蛮爽口的。若是切成片子与蘑菇木耳之类配成一道炒三鲜，完全可以代替竹笋而用的。

茭白名头比较响的，是在南方。它与莼菜、鲈鱼并称为江南三大名菜，可见其身份不低。我们乡野小子，年幼无知，只是看中它能喂牛，还真的有些“作贱”它了。

唐代著名中医食疗学家孟诜，他对茭白的评价比较高，说它能“利五脏祛邪气”，对于“目赤，热毒风气，卒心痛”辅助治疗，疗效甚佳。孟诜还介绍了与日常调味品搭配的饮食建议：“可盐、醋煮食之。”

清人赵学敏在《本草纲目》问世百余年之后，曾编出一部《本草纲目拾遗》，亦具影响。赵学敏在《本草纲目拾遗》里面，对于茭白的功效则记载得更为具体，比如茭白可以“去烦热，止渴，除目黄，利大小便，止热痢，解酒毒”等。

由此看来，现在应酬频繁，且酒杯不离手的诸公，倒是不妨听从赵先生之言，经常多食用一些以茭白为主料的菜肴。

四

我年轻时，有一段大集体的岁月。那时，没有分田到户，农村以生产小队为基本单位。记得那时生产队白汪汪的水田里，成片成片地长荸荠、慈姑。

荸荠，水八仙之一，属莎草科浅水草本植物，学名马蹄，又称地栗、乌芋、凫茈。李时珍在《本草纲目》中对其植物形状及栽培法有详细描述。他介绍说，荸荠，“其根如芋而色乌也”，故名“乌芋”。“凫喜食之，故《尔雅》名凫茈，后遂讹为凫茨，又讹为荸荠。盖切韵凫、荸同一字母，音相近也。三棱、地栗，皆形似也。”

李时珍详细介绍说，“凫茈生浅水田中。其苗三四月出土，一茎直上，无枝叶，状如龙须。肥田栽者，粗近葱、蒲，高二三尺。其根白，秋后结颗，大如山楂、栗子，而脐有聚毛，累累下生入泥底。野生者，黑而小，食之多滓。种出者，紫而大，食之多毛。吴人以沃田种之，三月下种，霜后苗枯，冬春掘收为果，生食、煮食皆可”。

李时珍所言“吴人”，大概也就是现在的苏州一带。而苏州一带的苏荠，颇负盛名。据明《正德姑苏志》所载，“葧荠出陈湾村者，色紫而大，带泥可致远”。明礼部尚书吴宽对家乡的葧荠也是赞誉有加：

累累满筐盛，
大带葑门土。
咀嚼味还佳，
地栗何足数。

这俗称“葑门大葧荠”的苏荠，个大皮薄，色泽紫红，肉白细嫩，少滓多汁，鲜甜可口，借用早年雀巢咖啡的一则广告语：“味道好极了。”

慈姑，与葧荠同列水八仙，在李时珍笔下写作“茨菰”，其《本草纲目》中有这样的记述：“茨菰一根岁产十二子，如慈姑之乳诸手，故以名之。燕尾，其时之象燕尾分叉，故有此名也。”难怪，慈姑，又有了“茨菰”“慈菇”这样的称谓。

慈姑虽为一寻常俗物，文人墨客引入诗中者，却不在少数。唐代诗人张潮的一首《江南行》，借“茨菰”点出时令，寄托一个女子的思夫之情。全诗如下：

茨菰叶烂别西湾，
莲子花开不见还。

妾梦不离江上水，
人传郎在凤凰山。

有一则小花絮，江苏青年作家张羊羊有一年曾到得我的家乡，并在溱湖湿地发现，介绍茨菰这一物产时，引用了张潮的这首诗，认为与其引一首怨夫之作，不如用明学者杨士奇的那首《发淮安》更具画面感。不妨抄录如下：

岸蓼疏红水荇青，
茨菰花白小如蓱。
双鬟短袖惭人见，
背立船头自采菱。

真是一幅风景画！蓼花红，水荇青，茨菰花白，湖水绿，已是生机盎然，色彩斑斓。想来，小姑娘的衣着该是另有一种色彩吧？这充满生机的湖面，加上充满青春气息的采菱少女，岂不叫人流连？如此看来，如将这首诗在旅游景点陈列，还真的比张潮的《江南行》更适合。如此美景、美人，岂不令人爱怜？

长荸荠、慈姑，均需育秧子，但育法则不太一样。育荸荠秧子，先做好秧池坂子，之后，栽下留种的荸荠，待破芽长出圆圆的莛子后，便可移至大田去栽。育慈姑秧子，一样得做好秧池坂子，栽下的，则不是留种的慈姑，而是从慈姑上掰下的慈姑嘴子。慈姑嘴子栽在秧池坂子上，颇密，用不了几日，便会破芽，生出阔大箭形叶子来，亦能移栽了。

荸荠与慈姑，形体稍异。荸荠，呈扁圆形，嘴子短，皮色赤褐，或黑褐。慈姑，则呈椭圆形，嘴子弯且长，皮色青白，或黄白。

深秋时节，白汪汪的水田，渐渐干了，圆圆的荸荠莛子，阔阔的慈姑叶子，渐渐枯了，该是收获荸荠、慈姑之时了。村上，成群的青年男女，听了小队长的指派，扛了铁锹、铁叉，背了木桶，散在田头挖荸荠、慈姑。荸荠、慈姑均在泥底下，翻挖起来颇费力。这等活计，多为小伙子来干。姑娘们多半蹲在小伙子的锹叉之下，从翻挖开的泥土上，捡荸荠，或是慈姑。自然也有大姑娘不服气的，偏要与小伙子比个高低，拿起铁锹，憋着劲儿挖，惹得一帮子男男女女，在一旁看热闹，看究竟谁给谁打下手。

收获荸荠、慈姑，翻挖较常见。然，终不及崴，颇多意趣。刚枯水的荸荠田，抑或是慈姑田，除了零散的枯叶，似无长物。或有一群男女，光着脚丫子，踩进田里，脚下稍稍晃动，崴上几崴，便有荸荠、慈姑之类，从脚丫间钻出，蹭得脚丫子痒痒的，伸手去拿，极易。那感觉，给劳作平添几多享受。

崴荸荠，崴慈姑，青年男女在一处，有些时日了，于是，就有些事情了。有小伙子盯着黝黑的田泥上大姑娘留下的脚印子，发呆，心热，便悄悄地去印了那脚丫子，软软的，痒丝丝的。

荸荠、慈姑去皮之后，肉色均白。荸荠可与木耳、竹笋之类炒菜，可煮熟单吃，亦可生吃，甜而多汁。农家孩子，时常在大人翻挖的田头，随手抓上一把，擦洗一番，便丢进嘴里。慈姑生吃，则不行。用其做菜，可切成片子、条子、块子。慈姑片子，可与大蒜、精肉小炒；慈姑条子，可与蛤蜊、鸡丝之类白烧；慈姑块子，可与猪肉红烧。整个儿的慈姑，烧煮后过掉一回苦水，之后，加冰糖熬，便可做成一道冰糖慈姑，亦极有味道。

另有一道菜：咸菜慈姑汤。汪曾祺先生在《故乡的食物》一文中说："咸菜汤里有时加了慈姑片，那就是咸菜慈姑汤。"他介绍说，"一到下雪天，我们家就喝咸菜汤，不知是什么道理"。而这"咸菜汤"所需的咸菜，则是"青菜腌的"。

汪先生详细描述的腌菜过程，跟我们兴化农村完全一致。他写道，"入秋，腌菜，这时青菜正肥。把青菜成担的买来，洗净，晾去水气，下缸。一层菜，一层盐，码实，即成。随吃随取，可以一直吃到第二年春天。"这样的活儿，我年轻时就曾干过。

汪先生说，"腌了四五天的新咸菜很好吃，不咸，细、嫩、脆、甜，难可比拟"。这"细""嫩""脆""甜"四个字的感觉，我们也是有的，只不过，并没有觉得"难可比拟"。

想来，这样的感觉，包括他后来告诉我们，"我很想喝一碗咸菜慈姑汤"。这跟他十九岁离乡，在外辗转漂流三四十年，是有很大关系的。当然，跟他在沈从文先生家里，听到老师的那一句"这个好！格比土豆高"也有关系。

汪先生想吃一碗"咸菜慈姑汤"，实际上，是想念那已经逝去的岁月和岁月里的人。

（2022年8月29日于海陵莲花）

菜　地

一

在我的记忆里，再怎么“大一统”，我们那里的乡亲们都还是有自由发挥的空间存在。谁家还没有一块小菜地呢？

与集体的农田相对应，农家的小菜地也叫自留地。而乡亲们自由发挥的空间，并不仅仅是小菜地，那些跟各家有着关联的拾边隙地，同样留给了乡亲们自由发挥的空间。即便是有一阶段，各地纷纷“割尾巴”，伤了不少鸡鸭猪羊之生命，农家的小菜地倒没受什么冲击，无恙。

要知道，那时的小菜地，对于每个农家，都是过日子不可或缺的。那年月，没有基本口粮，日子没法过。果真没有了农家小菜地，日子也是没法过的。

那时的农家菜地，从种植品种上看，大致相同，似有雷同重复之嫌。其实也难怪，一个地方，物种相同是正常的，大伙儿的菜地里品种类似，并不奇怪。然，同为农人，自身的活计，精细与否，勤勉与否，还真不一样。农家菜地上，于是乎风貌有异，各不相同。繁茂，生机盎然者有之；顺眼，井井有条者有之；枯瘦，颓败之态尽显者有之；杂乱，野草丛生者有之……

当然，就多数农家而言，大伙儿还是愿意多在小菜地上花心思的。用我们当地人的话说，一家几口的“老小咸”，几乎全出在小菜地上呢！“老小咸”一词中，前两字取本义，无须多言；后一字似从咸淡之味引申为菜肴。

哪个农家孩子没从早晨的饭桌上抓起根整条的胡萝卜张口就咬呢？刚蒸煮出锅的胡萝卜，咬在嘴里软乎乎，甜丝丝，烫也不肯松口。与生食时的脆、甜，口感全然不同。且有更重要的功效——充饥。

哪个农家孩子没从早晨的饭桌上抓起过煮熟的山芋、芋头呢？山芋个头大的，会拦腰切一刀。更大一些的，会切成厚一点的片状。用意很明显，便于蒸煮，熟得快。芋头，则不用如此麻烦。多半是毛芋头子儿，外表毛茸茸的，不做任何处理，洗净直接下锅，省事，省时。

我们那儿的芋头多为子棵芋（容稍后细述），一棵芋头挖出来，主根茎四周总会生出些大小不一、长圆各异的芋头子儿。芋头的主根茎，也叫母芋，多半留着做菜用，舍不得闲吃。芋头子儿，可做菜，可闲吃。譬如，蒸煮毛芋头便是一例。如若将毛芋头直接丢进粥锅里煮，煮成毛芋头粥，享用之前添少许食盐，吃起来咸咸的，别有一番滋味。

和山芋一块蒸煮的芋头子儿，无须剥皮，捏在手里时，只需轻轻一挤，其表皮自然开裂，芋头便会露出，洁白如玉，叫人垂涎。那糯黏的口感，伴着食物的清香，一下子满足了自身的味蕾。而同锅蒸煮的山芋，虽不及芋头子儿糯黏，却也多出一分粉和甜。如是当季的新鲜食材，那股鲜活之气，起锅时定会扑鼻而来。

古人云，民以食为天。在粮食颇为紧张的岁月，农家的一日三餐安排并非易事。如今的日子，在我的祖辈父辈们当时，是想都不敢想的。现在可是想吃什么就吃什么，要荤吃荤，要素吃素。不止于此，还有一些反时令瓜果蔬菜，从农家的塑料大棚产出，广受欢迎。我心里不免嘀咕，这什么时节吃什么，顺乎天理自然，现在竟然要反着来，能行吗?

过去农家餐桌上，不过年不过节，不是来人到客，难得见荤腥。而那时的稀罕物白米饭，现在是想吃几碗就吃几碗，再也不用喝照出人脸的薄粥矣。什么鱼肉荤腥，红烧，清蒸，白灼，想展示什么厨艺，就展示什么厨艺，巧媳妇再也不会有无米之窘境矣。不止于此，政府现在倒是三令五申倡导，“光盘行动”！据说每年统计下来，食物浪费，十分惊人。真乃此一时，彼一时也。

想当年，乡亲们的日子还是苦了一些。一日三餐确实让农家主妇伤透脑筋。再伤透脑筋，也得有个安排。于是乎，那些农家主妇们，根据四季忙的不同，餐桌上的呈现也就不同。夏插，秋收，属农忙时节，人得拼了命地干农活，吃不饱哪成?！早餐，粥锅里总要揌上几个疙瘩，碎米糁子做的，吃下去熬饥。午餐，饭一律干的，多半是胡萝卜粯子饭。蓝花大海碗，满碗装。堆上几段苋菜馉，咀嚼起来，蛮有滋味的。这样的时候，家里的孩子们也跟着沾光，吃干饭。晚餐，家里的孩子喝粥，做活计的劳力，则先将中午的几碗剩饭匀了塞下肚子，之后，喝上几碗粥，潮口。这叫半干半湿。一到寒冬腊月，身子用不着担太重的农活，嘴里也就没有农忙时的好口食矣。多半是一日三餐喝薄粥。有的人家，早晨硬是赖在床上不起。一家老小，肚子饿得咕咕叫声一片了，也不起床。定要熬到午餐时，才会起来烧饭，两餐拼做一餐，一天只吃两餐，混过去。晚上，各家差不多净是糁子粥。顽皮的男孩子几泡尿一尿，便只剩下空肚皮了。

农家的早饭桌上有了蒸煮的胡萝卜、山芋、芋头，那是日子变得好过一些之后，尤其是实行联产承包，各家各户有了责任田。当年我们还处在长身体的时段，用家乡话叫“半桩子，饭缸子”，能吃得很。有了胡萝卜、山芋、芋头之类“副食”做补充，腹中实在了许多。大人们在地里干活，精神头儿也不一样了；我们这些在课堂上听课的孩子，听课也不会因肚子咕咕叫而走神，弄得不知子之所云也。

二

我们那一带，原先是不种植胡萝卜的。

胡萝卜其实不是萝卜。从其名便可知，胡萝卜原产地并不是中国。一个“胡”字，天机尽泄。据《本草纲目》记载：“元时始自胡地来，气味微似萝卜，故名。”李时珍说得很清楚，此物种是元朝时从胡地传到我国的。因其味与萝卜仿佛，故有了“胡萝卜”

之称谓。

胡萝卜，曾救过我们那里不少人的命，善莫大焉。我出生于三年自然灾害的中间一年。那时候，闹粮荒时有大面积发生。情形严重时，人们连粯子饭都吃不饱。只得外出想办法，从北边购买些便宜的替代品——胡萝卜。入冬时节，各家各户就靠这替代品，才得以安安稳稳地过冬。

那几年，乡亲们的饭碗里，常见的就是胡萝卜粯子饭。胡萝卜切得碎碎的，混在粯子里煮。顺便说一句，胡萝卜缨子现在似乎成了稀罕物，稍做加工，上得城里人的宴席，不论是做成纯粹的凉拌菜，还是制作成一道炒菜，其清爽的口感，独特的清香，均会给食客留下特别的体验。

到北边装运过几次胡萝卜之后，我们那一带的乡亲们便不再去了，而是弄些胡萝卜种子回村，自己种。家乡一带，种胡萝卜，始于那年月。其后，种了好多年。种胡萝卜，多半是集体统一种植，也有农家在小菜地自种的。集体统一种植时，择定了一片田，翻耕，破垡，落种。等到绿茵茵的叶子长出，黑土地不见了，荒凉萧条之气不见了。绿绿的一片，充满了生机，充满了希望。乡亲们的日子便有了色彩，有了念想。

多年之后，我才知道，胡萝卜中有一种维生素 A 的成分，叫胡萝卜素。这胡萝卜素，现在被人们常挂在嘴上。当下，人们的生活条件毕竟不一样了，绝大多数人讲究健康饮食，讲究身体摄入各种维生素要平衡，于是乎，胡萝卜身价提了上来。现在的星级酒店，早晨的自助餐，蒸煮的胡萝卜，几乎必不可少。

与胡萝卜成片大田种植为主不同，山芋、芋头多为农家各自种植，在农家菜地范畴之内。山芋的种植，在我们那儿多半以山芋苗插栽。山芋苗，多为购买所得，极少自家地里育苗的。购买山芋苗，需进城。没人将山芋苗挑到乡间来卖的。其实，这山芋苗，需求市场在乡村，不在城里。就是没人到乡下做这样的生意，不知何故。

春末夏初，县城的街头巷尾，便有山芋苗卖了。卖山芋苗的，多半挑了箩筐，沿街叫卖，“山芋头儿，二角五一把啦！”乡里人，称山芋苗为山芋头儿，颇有道理。说是苗，其实无根，不过是从育种地老藤上剪下的头儿罢了。山芋头儿，入土自会生根。卖山芋头儿的，在城里沿街叫卖，不是给城里人听的。城里人住房似鸡笼一般，够紧的，哪有地方长山芋呢？那叫卖，是给进城的乡里人听的。这种买卖，不论斤，不论两，论把数。一百棵一把，还是五十棵一把，卖主早数定，扎了稻草。买山芋苗的，一开口，便是要几千，多的上万，数目挺吓人，其实说的是棵数。多则几亩，少也有几分地呢，用得着。

长山芋的地，在插栽山芋苗之前，有一件重要工作要做——筑垄。将原本平整的地，翻挖，筑成土垄子，一垄一垄的，有了起伏。筑垄时，得注意垄与垄之间的间距，适宜为好。紧了，将来山芋藤爬不开；疏了，费地。山芋头儿，栽在土垄上。有独行的，也有双行的。小垄子，便是一行栽在垄脊背上；大垄子，便可两行栽在垄两侧。

山芋苗颇泼，少用肥，多浇水。活棵后，藤迁得特快。头儿很快会伸到别的垄子上去了。这时，便要翻藤了。把山芋藤拉向原先生长的相反方向，叫翻藤。据说，翻一回藤，能多结大山芋的。藤叶过密的垄子，还得打掉些叉藤和叶子，带回家中，猪是很欢迎的。但，只喂猪，不免可惜了。山芋的藤叶，去其叶，撕表皮，切短，配以青椒，爆炒，便是一道家常小菜。清香，脆括，蛮下饭的。

山芋生长月余，便可割藤收获。翻挖出的山芋，皮红肉白，形态万千，颇好看。也有皮色淡黄的。脆，嫩，甜，水分足，既解馋，解渴，又充饥。山芋挺能长的，分把地，能挖好几百斤呢。家里预留之外，更多的是到街上去卖。不贵，几分钱一斤。街上人，买得挺多，吃个新鲜。切了条子炒，切了块子煮，皆可。也有切成片子，晒山芋干子。

乡里孩子，在家里收山芋时，也会在房檐风口处挂上几串，让风吹上一冬。天冷了，飘雪花了，再一串一串取下来，或生吃，或丢进灶膛里炕。生吃，那山芋，特甜。炕山芋，则香甜。山芋，给乡里孩子的冬季添进几多趣味。

城里也有炕山芋，跟我们乡里的炕山芋不太一样。城里有人专门卖炕山芋，那是在做一种生意。入秋，就有了。做这种生意全部的家当，便是一只大炭炉子，特大。立在路旁。炉台上放山芋。卖炕山芋的，与做别的生意不同，从不吆喝。老远，便能闻到炕山芋的香味了，颇馋人。

山芋，其名可谓五花八门，各地叫法大多不一样。其中有一种叫法，“金薯”，道出了山芋传入中国的经过。清人陈世元所著

《金薯传习录》中，曾援引《采录闽侯合志》——

按番薯种出海外吕宋。明万历年间闽人陈振龙贸易其地，得藤苗及栽种之法入中国。值闽中旱饥。振龙子经纶白于巡抚金学曾令试为种时，大有收获，可充谷食之半。自是硗确之地遍行栽播。还说："以得自番国故曰番薯。以金公始种之，故又曰金薯。"

相传番薯最早由印第安人培育，后来传入菲律宾。传入菲律宾之后，一度被当地统治者视为珍品，严禁外传，违者要处以死刑。如今这般寻常之物，曾经那样的金贵，真是很难想象。让我有些意外的是，陈振龙正是从菲律宾将山芋引入国内的两个商人之一。在当时，可是要冒着被处死刑的巨大风险的。

陈世元在文中所提及的陈振龙，不是别人，乃其六世祖是也。乾隆二十年前后，这位陈世元，还曾在浙江宁波，以及山东青岛一带做山芋种植的推广工作。

除了番薯、金薯的称谓，山芋还有着众多叫法。北京人叫白薯，河北人叫红山药，河南、山西人称红薯，辽宁、山东人称为地瓜，江苏、上海和天津人称其为山芋，福建、广东和浙江人称为番薯，陕西、湖北、重庆、四川和贵州人称其为红苕，江西人称为红薯、白薯、红心薯、粉薯之类，不一而足。即便是同一区域，不同地方的人，对山芋的称呼也不尽相同，譬如我的老家山芋就叫山芋，而同属江苏的徐州地区则称为白芋，隶属徐州的下属县——丰县附近又称为红芋。再如山东大部分地区虽称其为地瓜，但鲁南枣庄、济宁附近的当地人又习惯把它叫作芋头，而真正的芋头则被叫作毛芋头。我不是农作物方面的专家，实在无法将山芋的叫法理得一清二楚。

向读者诸君坦白，在我儿时记忆里，对芋头是没什么好印象的。之所以没什么好印象，主要是源于给芋头去皮带来的麻烦，一个字——痒。其汁液，只要沾到皮肤上，痒得往肉内钻，奇痒难忍。万一有汁液迸进眼皮内，则更难受。揉不了几下，便成了一对兔子眼，通红通红的。家里大人才不管这些，他们所有的注意力全部在农活上，恰如古人所云：日出而作，日落而息。

不想刮芋头，投机取巧的事，我也曾干过。家里大人让刮芋头子儿，待人一走，便只管溜出去，和村上的小伙伴们玩老鹰抓小鸡之类的游戏。时辰差不多了，回到家中，将芋头子儿，拎到河口，洗洗颠颠。干净了，和了青菜、粯子、米，一锅烧。煮成一锅毛芋头青菜粥。如前文所述，加些盐，烧得咸咸的。最是那毛芋头子儿，筷子一夹，稍一用力，白白的子儿，小鸡蛋似的，脱了皮。咬在嘴里，有滋有味，蛮新鲜。因懒惰烧出的毛芋头青菜粥，三合一，抑或四合一，皆别有风味，让大人们胃口大开，吃了一碗又一碗，忘了原来刮芋头子儿的事，自然不再责罚了。

现时，芋头竟走俏了。家里烧菜、汪豆腐，少不了芋头丁子；萝卜芋头汤，少不了芋头条子。肉与芋头红烧，小孩子一个劲儿抢芋头吃。若是在我们小时候，不抢上几块大肥肉才怪呢。

然，终不及毛芋头青菜粥来得浑然天成，滋味地道。懒，还能懒出一道美食，看来，懒也不全是不好的。

三

将茄瓜与茄子放在一起叙述，多少有点儿文人心理。仅述一种似乎孤单，两种一并叙述，且名字中都带个“茄”字，似乎也说得通。但我要事先声明，这两个“茄”字，仅字同，彼此间半毛钱关系都没有。茄瓜，正正规规应称南瓜，属葫芦科。而茄子，属茄科。

在我们那里，乡亲们从来不会将茄瓜称作南瓜的。抑或有在外地读过几年书的，回得家中，见茄瓜，呼之南瓜，便会遭家人嘲笑：“茄瓜就茄瓜，什么南瓜北瓜的。”这种称谓上的纠缠，之于茄子，则不存在。正规叫法、民间叫法高度一致，都叫茄子。这样好，省却了许多言词上不必要的麻烦。

我们那里人长茄瓜，多用与自家相关联的圩堤、岸埂之类的拾边隙地，也有用小菜地的。栽上几塘，够一家老小吃的，便行。茄子更是如此。

长茄瓜、茄子，均需先育苗。上一年留好的种子，适时在预先翻晒好的苗床上落种，每天浇适量的水，促其破土发芽。这里有个细节需要交代，茄瓜落种，要“并”，将茄瓜种子一粒一粒并排着，整整齐齐地直立着插入苗床。茄子落种，无须如此讲究，散洒即可。其后观察的要点，倒是相同的。等到苗床上，所落种子发芽破土，有嫩绿的茄瓜苗、茄子苗，周周正正地生长出来，便可进行下一道工序——移栽。

栽茄瓜苗，论塘，不论株。茄瓜苗不散栽，得事先在选定的隙地、小菜地上，打好塘子。在塘里下足基肥，方可移苗。一塘，栽茄瓜苗三四株。

栽茄子苗，论株，不论塘。家中人口少的，栽个四五株，便够食用了。人多的，多栽些，有二十株亦足矣。茄子前翻后起的，结起来，颇快。

茄瓜生长到一定时候，必须进行的一道工序——套蕾。要知道，这茄瓜蕾，娇嫩得很，碰不得，碰了会夭折。这蕾，决定着茄瓜收成的好坏。蕾一夭折，哪里还有什么瓜结哕？

这当儿，套蕾就显得十分重要。掐下茄瓜藤上的独亭子[①]花，撕去喇叭形的黄边花，花中长长的，满是花粉的亭子便显露了出来。将其套在蕾子上，便叫套蕾。其实际作用，便是人工授花粉。

套了蕾，茄瓜朵子渐渐大起来。待到花落瓜出，瓜地里便有大茄瓜了。有长的，有扁圆的，有歪把子的，形态各异。从几斤一只到十几斤一只，一个个胖娃娃似的，藏在宽大的叶丛之中。我曾在北戴河集发农业生态园看到过三百多斤的巨型南瓜，叫我惊叹，真的是大千世界无奇不有。原本极寻常的南瓜家族中，竟有如此出类拔萃之巨人。不过，网上有消息称，几年前瑞士一位名叫贝尼·迈耶的男子，培育出了重达 2096 磅的南瓜，约 951 公

① 亭子，方言，指雄蕊。

斤，看着网上那跟小汽车一般大小的南瓜照片，我无话可说。但是，有一点我可以断定，如此超级巨无霸，入口之味肯定不及那些小弟弟。

还是让我回到长茄瓜、茄子，还有黄瓜、辣椒、韭菜等众多成员的农家菜地吧，望着瓜地里随处可见的茄瓜，望着浑身紫紫的茄子，心里头便滋生出收获的喜悦。

什么时候想到要吃茄瓜、茄子，去摘便是。炒茄瓜丝子，便摘个嫩些的；煮茄瓜，便摘个老些的。嫩茄瓜切成丝子炒起来，嫩、鲜、甜；老茄瓜，切成四方块，单煮，瓜粉，汤甜。考究的人家，将茄瓜内瓤刮下，和上面粉之类，可做成香甜松软的茄瓜饼子。我们那时候，乡里孩子夏天傍晚的“晚茶”，通常是少不了茄瓜这一主角的。喝着甜津津的茄瓜汤，咬几口香软的茄瓜饼子，好不开心。心底觉得，这日子还是有盼头的。

说实在的，我们童年的生活，苦虽说苦点儿，但毕竟不是唱南瓜谣的年代了。像我们这样年纪的，大多记得大型音乐史诗《东方红》里有一首唱“毛委员”的歌，歌词中有这样的词句：

红米饭那个南瓜汤哟，咳啰咳，
挖野菜那个也当粮啰，咳啰咳，
毛委员和我们在一起啰，咳啰咳，
餐餐味道香味道香啰，咳啰咳……

这首从当地《井冈歌谣》演变过来的“红歌”，还是传递出了一种革命英雄主义和革命浪漫主义的情怀。这样比起来，我们似乎要为感叹那年月物质生活之匮乏而羞愧。我们的生活里，不仅有南瓜汤，还有紫茄子呢！

乡亲们摘茄子，多半是大早出门，去给自家小菜地浇水时，顺便从小菜地上摘上几个茄子之类，带回家来，丢给孩子煮饭时，蒸上。洗削茄子，一般小孩都会做。茄子滑溜溜的，好洗，不费神。去了小梗子之后，劈成十字形，一分为四，便可放在饭锅里蒸。

蒸，是在饭干汤之后，不是与水、米一起下锅。蒸时，劈成两半的茄子，得让切开的一面贴饭而蒸。用不了几把稻草，饭好了，茄子也蒸好了。开饭时，先用筷子将茄子夹起，置大碗，或小瓷盆子里，配上油、盐、味精，再将茄子捣烂。上餐桌前，扑上几瓣蒜头子，一道菜便成了。这种吃法，自然天成，不事雕琢，纯粹乡间风味，倒也自有其妙。

农家的吃法，进不得城的。城里人吃茄子讲究多了。较常见的，便是茄子嵌肉。洗削好的茄子，劈成五六开。劈时得注意，不要完完全全劈开。用刀，并不一刀劈到头。其中一端，得让它连着。这样，一只茄子，虽开成五六瓣，捏住梗端，尚是整的。肉，则要切碎，剁成肉泥，再配以葱花、姜末之类作料，拌好嵌入茄子。此时，须用细线，将嵌好肉的茄子扎一扎，再行加工。或红烧，或清蒸，皆可。上餐桌前去了细线，看到的是一只只完整的茄子。动了筷子，方知内有锦绣文章。这种吃法，费点事，但味道颇好。肉的油脂被茄子吸收，两者可谓是各得其所。此时的肉虽肥，但肥而不腻；茄子之素，亦是素而不寡。

当然，就茄子的吃法而言，曹雪芹在《红楼梦》里关于茄鲞的做法，应属超级豪华版。曹公借王熙凤之口，做了如下陈述：

> 这也不难。你把才下来的茄子把皮签了，只要净肉，切成碎丁子，用鸡油炸了，再用鸡脯子肉并香菌、新笋、蘑菇、五香腐干、各色干果子，俱切成丁子，用鸡汤煨干，将香油一收，外加糟油一拌，盛在瓷罐子里封严，要吃时拿出来，用炒的鸡瓜子一拌就是。

关于茄子的吃法，避开较为繁复的茄鲞，若说城里、乡下哪种吃法更好，难说。吃仅是吃吗?!

四

拾边隙地，实乃农家小菜地之重要补充，亦可视为其重要组成部分。架（当地方言音 gà）豇、丝瓜和扁豆，这三种作物，便在拾边隙地种植生长。在我们那一带，大集体时代，集体是不长这三种作物的。集体不长，乡亲们家家户户都长，都会有各家的几棵茄子，几塘扁豆，几架架豇，几树丝瓜，无一例外。架豇、丝瓜和扁豆，三者如能有其他植物依附，则更有利于各自生长。

那时节，农家的家前屋后，总会生长着几株楝树、壳树、榆树、杨柳之类，此时，只需在这些树下打塘，碎土，落种，抑或栽苗，适时浇水。

通常，每株树四周可打上两三塘，一塘内种上十来株苗儿。寻常农家，一个前院有四五棵树，后面猪圈、鸡窝旁，屋后茅坑旁，又有四五棵树，皆能打塘。这样一来，那架豇、丝瓜和扁豆结起来，就海了（当地方言，非常多的意思）。一家五六口，怎么也吃不完。

种植架豇、丝瓜和扁豆，多选择初夏时节。这架豇、丝瓜和扁豆，都是藤本植物，有了树的依附，藤儿怎样爬，都没问题，不用发愁。当然，有时也会专门为架豇搭架子。相比较而言，架豇的藤蔓爬得没有丝瓜、扁豆高，搭架便可应对。

专门搭架子的架豇，落种时就得考虑好架子怎么搭。点架豇时，得上些规矩，有行有距，不能像点黄豆、点豌豆那样，散点。

给架豇搭架子，要等所种架豇种子出苗，长茎蔓，且茎蔓渐长，这时方可依其根部，插下小树棍或是芦柴棒。每株架豇根部都要插到，再用草绳之类，一棵一棵拴连起来，在架子上端连成一线，架子便固定成形矣。这架豇架子，多为两行架豇，共用一架。架子上端两两相对相交，呈稳定三角形。这种架子，经得住风刮，吃得住藤爬。有了架子，架豇的茎蔓自会盘着架子生长，一圈一圈，盘得极好。

丝瓜藤蔓爬得最高，搭架子不能真正满足其攀爬之欲望。因而，乡亲们便让其借树生长。长长的藤儿，攀树而上。树有多高，丝瓜藤便攀多高。丝瓜从藤上倒垂下来，丁丁挂挂的，错落有致。

我们那里的丝瓜算不得长，以尺把长为常见。有一年，我到中国作协北戴河写作中心度假，在北戴河集发农业生态园，不仅见到了前文所述的巨无霸南瓜，还见到了一种细细的、长长的丝瓜。那丝瓜真够长的，几乎从棚顶垂到地面，有四米多长呢！

近得丝瓜，便有清香飘出。这清香，架豇、扁豆也有，只是以丝瓜为最。

扁豆爬藤的本领也不在架豇、丝瓜之下，完全可以和丝瓜“PK”。家前屋后的树杈间，有丁丁挂挂丝瓜结出之时，亦有嫩扁豆、嫩架豇结出。这三种家庭作物，丝瓜开黄花，以单株花为常见。架豇花与扁豆花相仿佛，有白色，有红色，有紫色，形状有点儿像小蝴蝶，皆成串。远远望去，绿叶丛中，一串串，似群蝶翩跹其间。架豇、扁豆的花形相差无几，结出的果实，却大相径庭。扁豆，顾名思义，因其果实扁而得名。架豇，较丝瓜更为细长，似乎过于苗条了一些，给人一副弱不禁风的样子，惹人爱怜。

从树上摘架豇、丝瓜、扁豆，办法虽然多，但终不及一法简便，且收效快，那就是遣家中小孩子直接爬树摘取。这些孩子真如细猴子一般，尤善爬树。平时爬树是要挨骂的，稍有不慎，从枝丫上摔下来，极容易受伤。现在准许爬树，去摘取丝瓜之类，在小孩子看来，美差一桩，自然乐滋滋的。“噌噌噌”，一眨眼的工夫，上了树丫。大人在下面喊，“摘这个”“摘那个”。

处理新摘下的架豇、丝瓜、扁豆，并无多少复杂工序。架豇、扁豆处理方法一样，撕筋，掐断，皆可徒手操作。丝瓜去皮的办法颇为特别。先将丝瓜切成段，再用筷子戳进去，贴着皮划一圈，瓜肉出，而圆圈似的瓜皮，则留在了手中。

撕筋掐断之后的架豇、扁豆，可以一起烧菜，亦可和茄子之类配烧。这里需要说明一点，架豇、扁豆这样的蔬菜，味淡得很，最好荤烧。常见的，和猪肉一起红烧。到最后，猪肉的油脂，被架豇、扁豆大量吸收，油脂在食物间实现了一次反转。而到了餐桌之上，猪肉与架豇、扁豆之间，受欢迎的程度，实现了又一次反转。原本寡淡的架豇、扁豆，味香而厚，寡淡二字早无了踪影，因而大受欢迎，比那油渍渍的红烧肉还要引人食欲。

在我们那里乡间，丝瓜多半是烧汤。打上几只鸡蛋，或放上馓子、油条，烧成馓子丝瓜汤，抑或油条丝瓜汤。丝瓜与鸡蛋爆炒亦很好。

小时候总弄不清，这丝瓜，究竟丝在何处。老了，有丝瓜瓤子了，丝瓜之丝尽现，至此才算得上名副其实。

一庭春雨瓢儿菜，
满架秋风扁豆花。

转眼一个季节过去，飒飒秋风吹起，原本生机盎然的架豇藤、丝瓜藤、扁豆藤，皆渐枯渐萎，留在树杈上的架豇、丝瓜、扁豆，早干枯了。有少量的可留作下一年的种子，但多数没有太大用处的。倒是老丝瓜，从树上摘下，剔除干脆的外皮，丝瓜瓤子便完全现了真身。这丝瓜瓤子用来洗涤餐具、擦背，均不错。直至今日，我父母亲仍更习惯用丝瓜瓤子来洗涤。

丝瓜，不如另一些瓜儿，愈老愈甜，愈老愈香。老了，便空了，空成一段瓤子了，仍旧不废。有点儿意思。

接下来，我想借上述所引板桥先生楹联的上联“一庭春雨瓢儿菜”，来说一说连根菜吧！与瓢儿菜因菜叶形状得名类似，连根菜，亦从形状命名。顾名思义，连根菜，连根菜，菜上还连着根呢！这说明，连根菜是徒手拔起的。连着根，无疑在告诉人们，它的鲜，活，嫩。显然，这是一种时令小菜。跟有些地方将鲜嫩的小青菜，叫鸡毛菜，道理差不多。想来，多半伴随着一庭春雨之后，方才上得街市的。

在城里做事，上下班得绕几条巷子。时常碰到卖菜的，挑了柳条箩筐，装好一把一把的连根菜，走街串巷，不时吆喝几声：“连根菜卖呀……”有城中居民问价，答曰：“两毛钱一把。”

最令人忆起的，是那些春雨蒙蒙的日子，卖菜人披蓑戴笠，挑起菜担子，沿巷吆喝。观其菜，叶儿碧，根儿白，鲜灵灵的模样，颇叫人爱怜。那吆喝声，淋着细雨，在小巷上飘荡：“连根菜卖呀……”

连根菜，多在靠水边的拾边隙地落种，无须用苗。择定的隙地，翻晒几日，破垡，碎土，之后，撒下菜籽。撒种，定要匀。过密，过稀，均不理想，浇过几回水，隙地之上露出浅浅的绿，有了“草色遥看近却无”的意趣。这时，上些许薄水粪。那小菜的叶色便会由嫩黄渐渐油起来。用不了几日，便可拔起，或自家享用，或上街去卖。

连根菜，一天一个颜头。拔菜的时日，讲究的是“适宜”二字。早了，菜尚小；晚了，菜则老。连根菜拔起时，以徒手掐得下根来为佳。因而，处理连根菜，多靠手。是拔，是掐，无须其他器具。吃连根菜，吃的就是鲜嫩。

我们那一带，最常见的是连根菜烧汤。刚拔下的连根菜，手一掐，嫩滴滴的。洗好，切好，放在锅里稍炒几铲子，之后烧连根菜汤，一透便吃。一个“透”字，提示的是锅里汤汁的状态。透，便是锅开了，汤滚了，可以起锅了。一透便吃，那菜碧，汤清，味鲜，十分爽口。

这连根菜汤，讲究连根菜单烧，无须再杂配其他食材。有一碗连根菜汤，其美味，叫我至今不忘。那是许多年前，我到老家的一个乡镇做某项专题调查，中午被留下吃饭。在那个乡政府食堂里，喝到了一碗连根菜汤，那种清爽，那种清香，那种原汁原味，那种地地道道，真叫我无话可说。能把原本极普通一碗青菜汤，做得如此纯粹，如此地道，也是一种境界。

与连根菜之鲜嫩堪可比拟的，恐怕要数一种红萝卜。这种红萝卜，萝卜头儿小巧，皮色殷红，似呈透明状。莫言先生有一短篇名作《透明的红萝卜》，让人羡慕。红萝卜在地摊上卖时，多半带着碧绿的叶，煞是好看。这种小个儿红萝卜，另有一颇具诗意的名字：“杨花萝卜”。

有一则关于乾隆、刘墉、萝卜与南京的故事。说，乾隆第六次下江南，对新近上市的萝卜很是喜欢。外省一位官员借机拍乾隆马屁，特地从他们本省挑了许多大个儿萝卜，言称，皇上圣明，这些萝卜都是刚长到这么大的。刘墉一向看不惯溜须之人，便想要治他一治。于是，派人专挑了些杨花萝卜进奉给乾隆，并禀报说，今年南京遭了灾，这些是臣从南京找到的最大的萝卜了。乾隆见了一大一小两种萝卜，于是决定给南京免征当年税赋，其税额全部由那位外省官员所在的省份承担。如此一来，这个头极小的杨花萝卜，便成了南京大萝卜。直至今天，南京大萝卜还一直叫着呢。只不过，有时这五个字中间会多出一个“人”来，就变成了“南京人大萝卜”，意味完全不一样矣。

在我们那里的民间，扑萝卜这道菜，做法颇为简单。先切去萝卜缨子，再将萝卜头儿洗削干净，放置案板之上，用菜刀扁扑，圆溜溜的萝卜头儿，自然碎裂开来，装入盘中，添上些许酱油之类的作料，便可食用了。要注意，千万不能图省事，将萝卜切开了再扑。整扑，与切开来扑，口感完全两样。那自然扑开的萝卜，皮儿透红，肉儿嫩白，尝一口，脆中带甜，食后颇为开胃。

当然，如果想动刀子，也不是不可以。那就不是做扑萝卜，而是将萝卜切成萝卜丝儿，与海蜇丝儿，一起配以麻酱油、醋等佐料凉拌，做成一道海蜇皮拌萝卜丝儿，嚼在嘴里咯吱作响，脆，甜，爽口。汪曾祺先生曾在他的文章中介绍说，“萝卜丝与细切的海蜇皮同拌，在我家乡是上酒席的，与香干拌荠菜、盐水虾、松花蛋同为凉菜”。这倒是和我老家做法一样呢。

在我们那里，城里人，做扑萝卜也好，做海蜇皮拌萝卜丝儿也罢，那红萝卜的缨子，多半是丢弃了，不再派用场的。其实，萝卜缨子一样能做出可口佐餐小菜。切下的萝卜缨子，剔去黄老败叶，汰洗干净，切得细碎细碎的，拌入适量食盐，放在小腰桶里，腌上一个时辰，之后，挤去所含汁水，装入容量适宜的坛子中，压紧，再用干净稻草打成球，垫在石块或砖头上，之后，挨墙壁倒扣坛子，让草球堵住坛口，即可。这般静放一段时日，想要食用时，随时从坛子中取出，配以菜油、生姜之类，爆炒，片刻工夫，便可享用。其鲜、脆，且带清香，真的别具一格。用它与早餐时的稀饭配，包你一口气吃上两三碗稀饭，亦舍不得丢碗。

五

豆类作物，在农家菜地中，分量不轻。常见的品种就有红豆、绿豆、黄豆、蚕豆、豌豆之类。这当中，农家菜地种植，与集体大田种植，似有交叉。在我的印象里，黄豆和蚕豆有大田种植的，也有农家菜地、拾边隙地种植的。其他皆以农家菜地，抑或拾边隙地种植为主。

先说红豆、绿豆和黄豆。此三豆，皆以颜色命名，且同属一科——豆科。放在一起叙述，不仅色彩丰富，而且也能发现三者之间细微之差异。

红豆、绿豆与黄豆相比，颗粒较小，绿豆尤甚。一提及红豆，多数人的脑子里便会涌出这样的诗句：

红豆生南国，

春来发几枝。

愿君多采撷，

此物最相思。

王维的这四句，实在太有名了。时至今时，仍被不断引用，作为情侣之间传递绵绵情思的纽带。不过，以红豆寄托相思之意，并不始于王维。更早的出处在晋代干宝的《搜神记》，文字不长，现录于此——

战国宋国韩凭夫妻殉情而死，两冢相望，宿昔之间，便有大梓木生于二冢之端，旬日而大盈抱，屈体相就，根交于下，枝错于上。又有鸳鸯雌雄各一，恒栖树上，晨夕不去，交颈悲鸣，音声感人。宋人哀之，遂号其木曰“相思树”。相思之名，起于此也。

说了这么多，我现在不得不略带遗憾地向读者诸君坦白，上述所引“相思”之红豆，并非本文所言之红豆。本文所言之红豆，乃“赤豆”是也。无论是色泽，还是颗粒大小及形状，老实说，赤豆，皆不及那相思豆。

前面已有交代，在我们那一带，红豆、绿豆多借拾边隙地落种，以田埂、圩堤最为常见。

田埂、圩堤之上，红豆、绿豆枝叶甚茂，间有豆荚斜挂。其状，不像黄豆荚短而扁，看上去，细且长。待豆荚渐渐转黄，便到了收获时节。连秸拔起，捆好。之后，挑至土场上或是庭院里去晒。几个旺太阳晒过，便可用短木棒、木榔头之类去捶，豆荚开裂，有豆粒儿滚出。红豆朱红，绿豆翠绿，很是悦目。

比较起来，黄豆实用性要强于红豆、绿豆。有一点需要交代一下，这黄豆，在我们那儿城里和乡下，叫法各不相同。不像红豆、绿豆那样，城里乡间称谓统一明了。黄豆，结青豆荚时，城里人叫毛豆，乡里人则喊着王豆。我们那一带的乡亲们，在自家小菜地，抑或隙地拔了青黄豆，采摘收拾停当，便可装进箬子里，上街卖青黄豆荚子。沿街叫起卖来："王豆荚子卖啦……"想买上几斤的街上人，开了门，伸出头，扭着脖子问道："毛豆几毛钱一斤？"

卖主自然会给个价，买主必定想压压价，双方一阵讨价还价之后，称去几斤的，有；一斤不称的，也有。

这毛豆之称，倒好解释。青黄豆荚子未剥壳之前，满壳细毛，挺厚。至于王豆之说，则怕是"黄"读走了音所致。我们那里的乡民，接受正规教育者少，讲官话时，"王""黄"不分，大有人在。如此，天长日久，习惯成自然。应该读作"黄豆"的，依旧念"王豆"，无人纠正。

青黄豆荚子刚上市，街上人颇喜欢。剥出黄豆米子，或纯烧，或烧豆腐，均是时鲜小菜。青黄豆荚子剥豆米子，以带了豆衣胞的，为最佳。

不过，这青黄豆荚子，还数乡里人有种吃法，很是诱人。现时采摘下来的青黄豆荚子，稍事修剪，连着壳儿用清水洗汰干净，之后，倒入锅中，加适量食盐，清煮。再也不必添加其他佐料，煮熟即可食用。软软的豆荚，嘴唇一抿，豆米粒儿便从壳中挤出，细细咀嚼，嫩，且鲜。这种吃法，纯粹天然。察其豆，甚碧；观其汤，甚清；品其味，甚鲜美。

等到城里人嘴里的“毛豆”叫成了“黄豆”时，黄豆便老矣。

黄豆枯老之后，去壳，便见其圆溜溜、黄灿灿的模样，这时才够得上“名副其实”四个字。老黄豆，多为制作豆腐、百页之原料。制作豆腐、百页，在乡间有专门的所在：豆腐坊。豆腐坊主需在前一天晚上浸好黄豆，翌日大早起来给黄豆去壳，之后，上石磨子磨。磨成生豆浆之后，再上浆锅烧。这当中颇难的一道工序是点卤。点了卤之后，便可上器具压榨，制作豆腐，抑或百页了。

若是在浆锅点卤前，从浆面上挑起一张膜儿，那便是豆制品中之上品也。那膜儿，就是悬浮在浆面上的高蛋白，故而金贵。出售时，是按张卖的。

每年一进腊月，豆腐坊便忙乎起来。乡亲们多半背了自家地里收的黄豆，让豆腐坊主代加工“作”把豆腐、百页。

这“作”字，似与作坊有关。豆腐坊，在乡间当然是作坊。以“作”为计量单位，由来已久。一作，做三五十斤豆子，能吃上一个正月的，给些加工费，颇合算。我在长篇小说《香河三部曲》的第一部《香河》里，对柳安然家的豆腐坊，对豆腐、百页如何制作，对柳春雨和琴丫头这对恋人如何在香河上卖豆腐、百页的，均有详细的描写。读者诸君，不妨参阅，此处不再详述。

与黄豆形成主打地位稍有不同的是，红豆、绿豆在我们那里人们生活中，扮演的是非主打角色。以红豆、绿豆为主要原料制作而成的食品，也多为消闲之物。如若有时间有机会到我老家的县城逛一逛，你会发现：兴化街上副食商店卖的糯米年糕，常见的就有赤豆糕与绿豆糕两种。点心店卖包子，有肉的，也有豆沙的。把煮熟的红豆，捣成豆泥，便是做豆沙包的馅儿。在我们那儿，寻常百姓家中，也有用豆沙包糖团的习惯。尤其是要过年了，家家蒸团、做糕，总要蒸上几笼赤豆团，用的便是豆沙馅。红豆、绿豆制成食品，松软香甜，家乡人颇喜爱。

红豆、绿豆还是消夏之佳品。“知了在声声叫着夏天”的时候，听凭你棒冰、冰砖地吃个不停，总是难解浑身燥热。这种时节，我们那里的乡亲们，多半在上工前，煮好一大锅红豆粥，抑或绿豆粥，中午回来先喝上两碗，那冰凉的口感，似乎从头一直凉到脚底，好不惬意。

在城里工作的人，则多用红豆、绿豆做成赤豆汤，抑或是绿豆汤。考究的人家，则做成赤豆元宵汤之类。

黄豆，进得城里人的早餐桌，那是将黄豆进行转化之后。前几年，中央电视台有一档很火的节目《舌尖上的中国》，其中有一集专门讲食物之转化。这黄豆成为豆腐、百页，也是一种转化。由物到食的转化。在我们那里的县城，城里人将这种转化放在了自家的早餐桌上——自制豆浆。前一天晚上，将需要上磨子的黄豆在小盆里浸泡好，翌日清晨起来，先给黄豆去壳，之后再汰洗干净，一小把一小把地往小石磨的磨眼里装。操作者边装黄豆，边转动小石磨上面磨盘把手，一圈，一圈，再来一圈，有乳白而黏稠的汁液从磨盘间流出，此乃新鲜的豆浆是也。刹那，一股豆香便在房屋内弥漫开来。家中刚起床的孩子，嗅到这香味，便雀跃了：“有豆浆喝喽！”

如此得来的豆浆，与摊儿上卖的比起来，味纯，新鲜，实惠。当然不会像摊儿上卖的豆浆，越卖越稀，还有股水腥气。这刻儿，再从邻近的烧饼店，买上几根油条，几只烧饼，一家人喝着自家石磨上磨出的原味豆浆，吃着香脆的油条、香酥的烧饼，那个美，真的是美滋滋的。你会觉得，这美好的一天，便是从一碗自制豆浆开始的。

读梁实秋先生的《雅舍谈吃》，读到“豆汁儿”一节，原以为跟我们那里所说的豆浆是一回事，叫豆汁儿，恐怕是北京人喜欢儿化韵的缘故。细看才发现，非也！这“豆汁儿”跟“豆汁”还真不是一回事。梁先生说，“豆汁儿之妙，一在酸，酸中带馊腐的怪味。二在烫，只能吸溜吸溜地喝，不能大口猛灌。三在咸菜的辣，辣得舌尖发麻。越辣越喝，越喝越烫，最后是满头大汗”。他还提及，他小时候是脱光了脊梁喝豆汁儿的。

既然“豆汁儿”与“豆汁”不是一回事，那肯定就不是豆浆了。难怪梁先生感慨，“可见在什么地方吃什么东西，勉强不得”。是啊，毕竟梁先生说这番话时，已身处台湾，而不是北平。

在我们那里，种入大田的豆子，除了黄豆，还有蚕豆。其实，一种作物，选择种植面积的大小，说到底是跟老百姓的需求多少联系在一起的。黄豆，身为豆腐、百页之类豆制品的主要原料，为百姓普遍喜欢，因而种植面积比绿豆、红豆之类要大，也就在情理之中。想来，蚕豆大面积种植也是如此。而颗粒小巧的豌豆，竟能位列世界第四大豆类作物，而我国又是位列加拿大之后的世界第二大豌豆生产国，这倒让我有点儿意外。看起来，豌豆在我们那一带的排名，并不能反映其真实的境况。

种蚕豆，有条播和点播两种方法。条播，就是将豆种均匀地播成长条状，形成行的概念。条播需要注意的是，行与行之间，得保持一定距离。条播的过程，也是行和垄形成的过程。行与行之间的土，因为条播，而往行中间聚拢而至隆起，垄随之形成。垄的形成，便于以后的田间管理。农人行走在田垄之上，不致踩踏蚕豆的植株。这种植播方法，速度快，适合在大田成片种植时使用。

二十世纪八十年代，香港歌手张明敏曾经有一首歌《垄上行》，很是火过一阵子的。唱着这样一首歌，行走于蚕豆田之垄上，那定然另有一番体悟和感慨吧？

蚕豆泼而不娇，对土，对水，对肥，均不甚考究。所谓田间管理，以薅草为主。乡亲们在自家隙地落种蚕豆时，则多用点播之法。先用小锹挖口，之后丢进豆种，覆土，浇水，落种任务便算完成。点播，较条播自由度大。条播时一旦行间距确定，就不能随意再变。一块大田，讲究的是方整化，田间作物行间距基本上是一致的，一眼望下来，很有章法，让人置身其间不仅便于劳作，且心情舒畅。如若无章法可循，行间距一乱，那麻烦就会不断。这些，在条播时必须注意。其实，做任何事情都得遵循此理，无章法，抑或不得法，想要把事情办好，难。

点播对行间距的要求，则没有条播时那么严。落种时，可根据实际面积大小，决定点播行距和间距之大小。面积小又想多点，则可将每塘行间距收紧一些；面积尚可又无须多点，这每塘之间的行间距则可放宽一些。当然，蚕豆种植密度也是有一定要求的，过密不利其生长，过稀浪费土地，皆不可取。

豌豆落种，不叫播，不叫种，叫点。时令一到，便见乡亲们挎个小篮子，篮内放了豌豆种，外带把小锹，下田。有人问："干活啦？""点豆子。"说的就是点豌豆。

这蚕豆、豌豆，落种之后，仅需浇上几回水，并不用施肥。用不了几日，黑土地便有豆芽露白，渐渐钻出地面，露出几张嫩绿的豆叶来。那嫩绿，那鲜亮，让人见之怦然心动。一群新的生命哦！

霜打雪覆的时光一过，田埂上，圩岸边，抑或大田里，绿茵茵的豆叶丛中，便有豆花开出。那蚕豆花，形似蝴蝶，瓣儿多呈粉色，外翘得挺厉害，似蝶翅；内蕊两侧，则呈黑色，似蝶眼。偶有路人经过，猛一看，似群蝶翩跹其间。与蚕豆叶子相比，豌豆叶子则多出一份轻曼与柔美，其花型与蚕豆仿佛，整体要小些。有洁白的，纯白，乳白；也有鲜红的，朱红，粉红，似更秀气。豌豆复叶而出，颇对称。其茎蔓长长地伸出去，多卷曲，亦似蝴蝶的触角。微风吹拂，豆叶飒飒，同样是一幅群蝶翩跹图。当地有一则小调，借豌豆花、大麦穗说事儿的，颇有些意趣。录于此，与读者诸君分享——

豌豆花儿白，
大麦穗儿黄，
麦田（那个）里呀，
大姑娘会情郎，
哪知来了一阵风啊，
哎哟哟——
哎哟哟——
刮走了姑娘的花衣裳。

在豌豆未开花之前，倒是有一道好菜——炒豌豆头儿。

记得读小学时，有位城里派来的先生（这是我父亲的说法，他是读过几年私塾的，叫起我的老师们，倒是没有“先生”不开口的），是位女性。每天早晨学生进校门，她总要从学生书包里拿到不少嫩豌豆头儿。据说，那是她特别关照的。那时，乡里人好像不吃这个。她说，真傻，好吃着呢！日子长了，学生们悄悄地喊她“嫩豌豆头儿”。从女先生那里才知道，嫩豌豆头儿能吃，且好吃。

豌豆的杈头颇多，间着掐些头儿，无什么妨碍。掐豌豆头儿，自然得嫩才好。衡量的标志就是徒手去掐。掐下的豌豆头儿，甭切，洗净，配了细盐、菜油爆炒，一刻儿便好，上得餐桌，碧绿、鲜嫩、清香、爽口。据说，宴席上颇受青睐。这道菜，有两个讲究：一是原料得现采现做，否则不能言鲜；二是火功要适宜，起锅要适时，否则，非生即烂，不能言嫩。

待得叶丛之中，蝶儿不见了，便有嫩嫩蚕豆荚儿、豌豆荚儿结出。嫩豌豆，总是藏在豆荚子里，似待字闺中的少女，轻易不肯露面。故而，家乡一带卖豌豆，是连豌豆荚儿一起卖的。嫩豌豆荚儿刚上市时，挺贵的。可城里人不在乎，图个新鲜。将嫩豌豆去其荚儿，仅用纯豆米子爆炒，炒出的豌豆，绿，嫩，鲜，食之难忘。

嫩豌豆荚儿简述至此，为的是腾出笔墨来，将嫩蚕豆荚儿专门细述一番。

蚕豆花落，叶丛间新结出的嫩蚕豆荚子，颇似一条条青虫子，蠕动其间。于是，乡里孩子到田野铲猪草时，时常顺手牵羊，干出捉“青虫子”的事来。这样的行为，当然是不允许的。然，我们这些孩子，平时都是被称为细猴子的，调皮得很。干捉“青虫子”这类事情，多背了家长所为。即便有人吵上门来，我们也会把头一歪，言下之意：“你逮着了吗？”

其实，铲猪草，烧青豆子吃，不仅我们这些乡间孩子干，就连鲁迅、汪曾祺这样的文豪、名士也干。汪先生曾专门为此著文：

> 我们那时偷吃的是最嫩的蚕豆，也就是长得尚未饱满的，躲在软软的羽叶间，有细细的绒毛，尾巴上尚留些残花，像极了蚕宝宝，只颜色是青的，家乡人有时干脆就戏称其为“青虫子”，摘一条在手里，毛茸茸的，硬软适度，剥开壳——或者也不必剥，只一掰就断了，两三粒翠玉般的嫩蚕豆舒适地躺在软白的海绵里，正呼呼

大睡，一挤也就出来了，直接扔入口中，清甜的汁液立刻在口中迸出，新嫩莫名。

汪老回忆了小时候读鲁迅先生《社戏》时的感觉，说，“前面浓墨重彩地写与小伙伴游戏、坐船看戏，似乎就是为了衬出后面的偷食蚕豆”。只不过，在鲁迅先生笔下，蚕豆被称为“罗汉豆”。这蚕豆，除了罗汉豆这样的称呼外，还有胡豆、南豆、竖豆、佛豆之谓。据《太平御览》记载，蚕豆是张骞出使西域时带回的豆种，称胡豆，便不奇怪也。倒是那豌豆，有一称呼，叫国豆，怪吓人的。是否与我国豌豆产量世界第二有关呢？

汪曾祺先生直接引用了《社戏》里的文字，“真的，一直到现在，我实在再没有吃到那夜似的好豆”。汪先生介绍说，“鲁迅写此文时已近四十了，仍念念不忘，可见思之深切，而在小时读来，也正是这些描写，几乎立刻将鲁迅引以为同类，到现在，鲁迅不少文章已没有兴趣了，但此文仍是自己的最爱之一，每每翻来，都禁不住会心微笑——这大概与自己小时多干过此类事有关”。

阅读十分细心的汪先生，还明确告诉我们，鲁迅那时候所吃的似乎并非最嫩的豆子，而是“乌油油的都是结实的罗汉豆”（鲁迅语）。并说，“长结实的蚕豆生吃不行”。这一点，我与汪先生同感。那时候，我们这帮乡里细猴子打猪草，捉青虫子，吃的就是新结出的嫩蚕豆。且我们的做法，似乎比两位大师直接入口，要有趣些。具体过程如下：

在田埂上挖个小坑，架上枯草，找个破碗片儿，放上剥好的青蚕豆。从衣兜里掏出火柴，一点枯草，毕毕剥剥作响，缕缕白烟直升。片刻工夫，草尽豆熟，拣一颗丢进嘴里，烫得咝咝的，也不肯松口。一嚼，热气一冒，豆香随之飘出。于是，你一颗，我一颗，消灭了这些烤熟的“青虫子”。抬头一看，彼此笑闹起来。

小小伢子，
长黑胡子，
娶新娘子。

丫头片子，
长黑胡子，
出不了门子。

笑闹得时辰不早了，便跑到河边，洗去嘴角上的黑灰，背了满筐猪草，回家。

细咸菜烧青蚕豆，是农家餐桌上极易见的。收工回家，临离田头时，从田埂摘上半箩青豆子，回去后，剥好洗净，从坛子里抓上几把细咸菜，混在一起爆炒，待豆子纯碧后，兑水煮上片刻，便可食用。

这道菜极平常，讲究的是青豆子不能老，亦不能过嫩。老了不鲜，过嫩不粉。剥开豆壳，观其芽，以亚黄色为佳。且需现摘，现剥，现做，现吃才好。

平日里，城里人虽说也能吃得上这细咸菜烧青蚕豆。但，那青蚕豆多半是隔了几宿，才上街卖的。所少的，是鲜活之气。

六

我们那一带的农家菜地上，当然远不止我笔下所记述的这些作物，极常见的如韭菜、辣椒、葱蒜、生姜，还有黄瓜之类，本篇均未能详述。

说到黄瓜，到现在我都记着外婆从自家小菜地上随手摘给我的那条嫩黄瓜。那是外婆从外公坟头上摘下来的。其时，我在外婆居住的前面一个村子上读小学五年级，有时候会住在外婆家，省得走一段老长的乡路。留下来和外婆做伴，是我很乐意的。要知道，我一生下来，就被父母亲送给外婆抚养了。母亲生我时也太年轻了一些，喂养她的儿子还不得要领，只有让外婆辛苦一些。外婆一生育有五男四女，九个孩子，抚养我一个当然没什么难得倒她的，小菜一碟。

我留在外婆那河边小屋里，与她为伴的时候，有时便会跟随她去小菜地，看外婆给小菜地上的作物浇水，除草，当然也会从小菜地上采摘些茄子，割些韭菜之类回家，款待我这个“大客人”（外婆语）。那一回，外婆随手摘条黄瓜给我，用手掐去尚未脱落的枯花，在衣袖上搓了搓瓜上的癞点子，洗都没洗，直接递给了我。我接过来就是一口，那略带青涩，且清脆的口感，于咀嚼之中滋生出的淡淡甜味，一下子被我记住了。看着小外孙子那个馋样儿，外婆笑着叮嘱：“慢点嚼，别噎着。”

人世沧桑，岁月匆匆。当年陪伴外婆的小外孙，如今已年近花甲。外婆离开我已好多好多年矣。我是去给她老人家上过坟，也曾给她老人家修过坟。可细细算起来，没有去祭拜她老人家，亦有好多年矣。她的那块小菜地，应该还在吧？不知有没有人打理？会长些什么呢？外公的坟头上，还会不会有嫩黄瓜结出呢？

（2020年8月19日）

水 路

“出门见水，无船不行。”这样的表达，我一度以为，说的就是我的老家兴化。家乡之水，虽没有“黄河远上白云间”之壮阔，却有着“河有万湾多碧水”之秀美。大纵湖，得胜湖，乌巾荡，旗杆荡，串场河，蚌蜒河……可谓是湖荡纵横，河汊密布。目之所及，皆为水也。因此上，家乡人走得最多的路，是水路。

直到我的足迹散落在大江南北，乃至跨出国门，方知并不只有老家兴化是这样的自然生态。那些把自己淡成一幅幅水墨的江南水乡，是如此；而那久负盛名的意大利水城威尼斯，以及荷兰首都阿姆斯特丹，油画般绚烂，亦如此。

当我乘坐着船型奇特的贡多拉，在威尼斯水城悠然而行的时候；当我于夕阳下，静坐在阿姆斯特丹运河边的船屋里闲品咖啡的时候，恍如回到了多水的故乡。让我意想不到的是，多年之后，诸如威尼斯水上贡多拉之类的船只，有些竟然是来自我家乡的工匠们之手，让我对家乡的工匠们心生敬意。

说起来，老家兴化的水和船，与其他地方还是有着不一样的风貌。早年间，兴化的河道野藤般乱缠，一副蓬蓬勃勃的样子。

河汊上，极难见桥。而各式各样的小船，趟鸭似的，三五成群，漂在水面之上。这样一来，在兴化乡间，村民们似乎与生俱来地多出一种本领——使船。

我的同乡，著名作家毕飞宇就曾经说过这样一段话：“河流就是我们的路，水也是我们的路。兴化人向来是用手走路的——两只脚站在船尾，用篙子撑，用双桨划，用大橹摇。运气好的时候，就是顺风的时候，你就可以扯起风帆了。”

从毕飞宇这段话中，不难看出使船的四种形态：篙撑，桨划，橹摇，还有帆扬。当然，实际生产生活中，还有一种形态，纤拉。兴化人真正拉纤的时候并不多。

船，成了兴化村民们出行、劳作必需的重要载体，在日常的生产生活中不可或缺。正因如此，一个重要的产业便产生了——造船。一些能工巧匠专门干起了制作木船的行当。这中间，又以竹泓镇的木船制造最为有名。毫不夸张地说，竹泓镇的能工巧匠们，硬是在叮叮咚咚的敲打中，将原本小小的木船，敲打出了一个颇具特色的支柱产业，让竹泓镇声名远播。

在我儿时的记忆里，家乡是没有正正规规的公路的，遑论沥青路面的高速路矣。那时，我到村小上学，得过条河方能到校。在我们那帮孩童眼里，那可是挺大的一条河。“一条大河波浪宽，风吹稻花香两岸，我家就在岸上住……”郭兰英的歌声，让我亲切无比。这与歌中的情形和我家居住的情境相仿佛，有着很大关系。多年之后，家门口的那条河，成了我笔下的香河，一条文学之河。由此衍生出了数百万字的小说、散文，为广大文学爱好者，以及众多文学批评家所关注，还给了一个“香河文学地理”的标签。

我当然描写过自家门口那条河和它的渡口。稍有这方面常识者便知，有渡口，通常都会有渡船。想来是因为爱好文学之缘故，一提及渡船，我的头脑中出现的，便是沈从文先生笔下的画面：

青山绿水间，那凭一根横跨溪流的缆绳串着的小木船，还有小木船上清秀可人的摆渡女子——小翠。

“哎——过河啰！”

山对面，溪水边，有人叫渡了。小翠似山间清风一般，从山上小木屋里飘然而下，轻轻盈盈地上了船，伸出白嫩的双手，抓着缆绳往前拉，渡船在她的拉动下，离对岸便越来越近了。渡客多半对小翠颇熟悉，即使上年岁的，也熟悉她的爷爷。因而，渡客上得渡船，便不再让小翠拉渡绳，自我劳作一番，渡河之后，还会丢下些山货。

你没见着，那串渡船的缆绳有多粗噢，谁见了都怕伤了小翠的手。可，山流时缓时急，山风时小时大，没那么粗的缆绳，串不起那木船，摆不起那渡。丢点山货，算不得什么，跟这渡口的爷孙俩不是一两天的交情。况且，有多少人想和小翠配鸳鸯，又有多少人想找小翠做儿媳，哪个也说不清爽。谁叫这湘西山水的秀气、灵气，都上了小翠姑娘的身呢！

与湘西山溪间的渡船相比，家乡河汊上的渡船，似乎过于平常了一些，分有人摆渡和没有人摆渡两种。有人摆渡的，摆渡人用船篙，抑或是木桨。这样的渡口，一般通往外村外乡，来来往往的客流量大，再加之渡口也宽，没人摆渡不行。于是，公家便会安排专人，干起摆渡的营生。有时候，外来的渡客也会随手丢下几枚硬币，便上了船，过了河，继续赶路。挺便当的，花几分钱，乐意。当地人不会多此一举，他们知道，摆渡人是拿工分的，不白干。

这样一来，摆渡人除了拿工分，年终参与队上分红之外，也还能从这来来往往的渡客的手缝里，得到补贴居家过日子的日常开销。

摆渡，与种田相比，另有一番辛苦。风里雨里，炎夏寒冬，懒不得，闲不得。否则人家会骂的，自己良心上也过意不去。吃的不就是这碗饭吗，怎么能间断呢？不是说，百年修得同船渡吗？在摆渡人看来，和这些陌生人相遇、相识，实乃一种缘分。

另一种没有人摆渡的，叫无人渡船。这让现在的孩子听起来，极容易联想到无人驾驶，似乎挺先进的。若干年前的乡村，倒有了不用人力的渡船，自动化程度如此之高，如此之早，听闻者唯有惊呼——超赞！

事实并非如此。在乡里长大的孩子，自然知晓这无人渡船，与无人驾驶，实乃风马牛不相及。与“自动化”，亦无半毛钱关系。

容我费些文字，做一番详述。无人渡船，之所以能发挥渡河作用，靠的是渡船两端拴着的渡绳。渡船两端钉有铁环，拴渡绳用。渡绳一头拴在渡船的铁环上，另一头则拴在岸上的木桩上，抑或是临河的树干上。如此，渡船便与两岸建立起了相互的连接。渡河者，来到渡口，只需蹲下身来，从水中拽拉起渡绳，一把一把地往身边拽拉，随着身边渡绳愈堆愈多，渡船便离你愈来愈近，等渡船靠岸时，便可上船。之后，再蹲到渡船另一端，如法炮制。渡船便向对岸靠近，送你过河。

由这样的渡口过河，注意点有二：第一，拽拉渡绳时用力要均匀，用力过猛容易拉断渡绳；第二，所拉渡绳，堆放要有序，不能乱。一乱，你拽拉另一端渡绳时，堆着的渡绳便不能及时回放，亦容易断，给后来者造成不便。因而，细心的渡客，无论是上船，还是下船，均把堆着的渡绳重新放回河水之中，以免绳乱。虽说麻烦点儿，但保证了渡船的顺畅，岂不是与人方便，与己方便?!

这种渡船，一到冬季恶劣天气，便添增了不少麻烦。西北风刮出刀子来，鹅毛大雪飞出针尖尖，此时渡河，拽拉渡绳的手，被冰冷的河水咬得生疼，那滋味，不好受。这是在我孩提时就有过的深刻体验。

我家门口的那个渡口，恰恰就是个无人渡船。我们三五个孩子每天上学下学是要拉两趟渡绳的。夏季，渡船是我们快乐的摇篮。三五个细猴头，剥光了身上的汗衫、裤头，一个个滑泥鳅似的，纵身入得水中，不时来几招得意的狗爬式，之后再随船，浮水而行。碧清的河水抚摸着我，亲吻着我，好不惬意噢！这样的游戏，在整个夏季被我们重复着，不厌其烦，乐此不疲。

然而，再快活的夏季总是会被严酷寒冷的冬季取代。严冬里的渡口和渡船，便不怎么可爱了。上学下学的道变不了，还得渡了河才能去村小念书，还得渡了河才能回家。只有苦了自己的一双小手，在冰水里没拉上几把渡绳，牙齿咬得咯吱咯吱作响，小手便成了开水锅里的大虾。冻得实在扛不住，哭鼻子的时候也有。

还真应了人们常说的那句，办法总比困难多。风刀雪针的天气，在我们三五个小孩子中间，催生出了一种全新的，接小龙拽拉渡绳法。我们三五个小孩子接小龙似的，一个跟着一个，一同拽拉渡绳，一人长时间承受冰水撕咬之痛的强度，一下子被分解了。

等到那渡口上架起了水泥板大桥时，我家已经搬过河，住到村上来了。其时，一条乡路连着邻村我亲爱的外婆家。

那条乡路，在夏季便是蜿蜒在绿茵茵的秧田里。蛙鼓阵阵，田野小径上，穿黑色布衣的外婆，拄着拐杖，挎着竹篮，蹒跚而行，神态很是安详。偶或有人问起，外婆会很乐意告诉人家，“到桂子家，看扣伙去。”桂子是我妈。扣伙便是我的乳名，外婆给起的，用意十分明了。

当外婆矮小的身影，从远方一点一点渐渐清晰时，我会兴奋地蹦跳起来，“婆奶奶来啰，婆奶奶来啰！”我们那里总把“外婆”喊成“婆奶奶”。让我改变这样的叫法，是离开家乡到外地读了几年书之后。

外婆来了，不只我开心，我妈自然也开心。我知道，妈为外婆所生九个孩子中的老九，外婆很是疼爱她的。我妈当然很是孝顺，不在此处细述。外婆疼爱我，那是不用说了。我妈十九岁生我时，还是小了一些，我出生没多久就交给外婆了。外婆也曾告诉我，我是吮吸着外婆的乳头度过童年的，尽管外婆乳房里早没了奶水。

外婆来时，我妈也会逗趣她的细扣伙：“你这个小馋猫呀，又想着婆奶奶篮子里的想头了吧？”

“想头”是我们当地人的说法，一般大人外出或走亲戚，带些糖果、玻璃球之类好吃好玩的，都叫想头。外婆每次到我家来，都会给我带想头的，不是吃的便是玩的，从未空过手。到我上学念书时，又多了连环画之类。虽不及现在的儿童绘本高级，但那脚踏风火轮的哪吒，一个筋斗十万八千里的孙悟空，让我看着过瘾得很呢！

行路难，在相当长的时段里，一直困扰着家乡人。直到二十世纪八十年代，其时我已经在县里的机关上班，跟随县里的领导从县城到稍远一些的乡镇，尽管乘坐的是当时称得上“先进”一词的小轮船，那也得花上半天工夫。那时候，县里领导在一年内要想走遍四五十个乡镇，几乎是不可能的。其时的兴化，在我看来，还真是偌大中国的一个缩影：地大物博，人口众多，以农业为主。如此一来，能让县领导亲临自己所在的乡镇检查指导工作，成了各乡镇负责人颇为荣耀的一件事情。

远距离的工作地点，县领导乘坐的是小轮船。近距离的工作地点，则是骑自行车。偶或有一两条砂石路，那骑行时，顿感轻松了许多。这样的时候，领导便会和我边骑行，边交谈。其时，自行车行驶的多半是圩堤，坑坑洼洼，颠颠簸簸，骑行时间久了，屁股颠得生疼。这种时候，注意力全盯在路上，双手紧张地控制着自行车龙头，不敢有丝毫分神。因为，稍一松懈，车倒人翻，跌入沟渠的事，不是没有发生过。

当然，这样的事情并不曾发生在我和县领导的身上。而是一些青年男女，借着郊游谈朋友，两人仅靠言语间你来我往，不足以表达内心情感，眼神交流自然跟进。于是乎，分神了不是？双双跌入水流汩汩的灌溉渠，俏鸳鸯变成了落汤鸡，那份尴尬就别提了。倒是我服务过的县领导，时常骑自行车下乡，在当地百姓心目中赢得了亲民的好口碑。

家乡路的变化，成了电影里的慢镜头。我至今都记得，第一次坐小汽车回香河村，为乡亲们围观的情形。那是我们举家搬离好多年之后，某一年春节的第二天，我和父亲、妻子一同回村上吃喜酒。

由兴化县城往我家祖居的香河村，小汽车在公路上，一路往北，让我有机会感受到了什么叫风驰电掣。车窗外阳光暖暖的，空旷的田野，精干的村树，青砖黛瓦的村舍，不时从车窗外闪过。偶或，有贴着大红双喜的花车驶过，路上三五成群的行人，说笑着前行，脸上透着喜气，显然是走亲访友的。老家有“正月里过年”之说，眼下才正月初二，年才开了个头呢。小车在平整而有弹性的沥青路面上疾速前行，我凝视着眼前熟悉而陌生的景象，思绪却渐行渐远。

一条大河，河上漂来一只小船。小船上是我和妻子吗？应该还有咿呀学语的女儿和一直为照料小家伙而辛劳着的母亲吧？

其时，只有我和妻子在城里，父母亲还住在老家。因为忙于单位里的事，女儿没过周岁就被送到乡下和爷爷奶奶在一起生活了。小家伙有一阵子见不到我们，就会和爷爷奶奶闹。说来她闹的手段单一得很，哭，或不乖巧地吃饭。女儿一闹，爷爷奶奶便会安排，不是送小家伙进城，就是让我和妻子回一趟乡下。

从城里回香河，抑或从香河往城里，来来往往，如若只有我和妻子同行，多半走陆路，骑车而行，比水路费时要少，也爽手。年轻时，总是脚步匆匆，赶时间的时候居多。

如若是爷爷奶奶送小家伙进城，抑或是接小家伙回乡下，多半走水路，乘船而行。偶或，我和妻子也会相陪。只是父亲极少同行，一来他那时还替公家做事，忙得很；二来家里三个妹妹，再加上喂养的鸡呀、猪啊之类禽畜，得有个大人在家里照应着。

水路的沿途，多与芦苇荡为伴。清澈的河水，水底生动有趣的世界清晰可见。丰盛的水草，水草间穿梭着成群成群的鱼啊虾啊，那些鱼虾们看上去颇为繁忙，究竟在忙些什么呢？说不上来。

忙的还不只是水中的鱼虾们，苇丛中成趟成趟的小鸟飞来飞去，叽叽喳喳地叫着，忙得似乎也挺开心。不时有油端子（一种野生水鸟的俗名，学名小鸊鷉，堪称潜水专家）从水底冒出来，在水面上拍打几下翅膀，看见有人便匆忙地钻入水中去。

这当口，要是母亲和年幼的女儿在，母亲便会指着从水底钻进钻出的油端子给女儿看，“乖乖，看噢看噢，细油端子！”此时的小家伙，自会开心得手舞足蹈，忘了多日不见对爸爸妈妈的想念，抑或是刚刚和爸爸妈妈分别时的伤心。

“嘟嘟——”一阵汽车喇叭的鸣叫，把我的思绪从早年的水路唤回。

此番再回香河，是我春节前就谋划好了的。因为门上大伯的孙子正月初三结婚，这在他老人家看来是件大喜事。年前就托人带信，让我无论多忙，都要回去一趟，也好给大伯撑撑脸面。

家中老宅易主之后，父母亲先是和我们一起在县城住了一阵子，之后又去了我工作的另一个城市生活，离开香河老家也有二十年了。这二十年间，没有一次春节是在老家度过的。正因为离开久了，想回去看看的念头，随着春节的临近，日益浓烈。

无奈，计划赶不上变化。特意留在初三大伯孙子喜庆当日回香河的计划，因要接待从北京回乡的媒体同行，只好改变。其时，担任着一个地区日报副总编的我，不为本职工作考虑，显然是不可能的。哪怕是在春节这样特别的日子里。

然，思前想后，老家那边也不能不去。和父亲一商量，只得提前先回香河。虽不能看到大伯孙子迎亲的喜庆场面，但回去一下，自己看一看，与门上的众多的长辈、平辈、晚辈们，见一见面，表表心意，聊以自慰是其一；其二，也好当面跟大伯打个招呼，以示诚心和歉意。这才有了初二下午，我、妻子和父亲的三人行。

“到了，到了。”车窗外，欢快而热烈的叫喊声响起，一群大人小孩蜂拥而至，很快把小汽车簇成个大蜂巢。

小汽车在大伯的二儿子家楼房前停下，明天其实就是他家小伙结婚。香河一带，儿子不叫儿子，叫小伙；姑娘也不叫姑娘，叫丫头。真是各地各乡风，十里九不同。

算起来，大伯家二儿子和我同岁，生日比我大四天。正应了“大一天都得叫哥哥”这句俗语。因此上，我得叫其二哥。听说，二哥这个小伙得来不易。其间二嫂怀过几个丫头，都让人领走了。人心都是肉长的，活生生的孩子，一个接一个被领走，做父母的自然也心有不舍。

我和妻子，还有父亲，依次下车，和门上一大家子人一一问候之后，被引到二哥家客厅落座。照老家的规矩，二哥先给我们每人倒了一杯红糖茶。妻说不用如此客气，她和我合一杯就行了。事实上，红糖茶只需喝一口，做个样子。二哥执意不肯，说是规矩礼到什么时候都是要的。因是多年不回，对门上叔、伯、弟、兄，我一一奉上节礼，对未成年的晚辈们则一一递上红包，钱多钱少倒在其次，图个喜庆。

看起来，二哥这些年在上海打工收入不错。他告诉我，楼房砌了有几年了，去年又花几十万在城里购置了一处门面房，是住家带开店的那种，说是为小伙媳妇准备的。我听了笑着对他说，为儿子媳妇考虑得这么周到，是不是想“爬灰”了?！“哪能呢，哪能呢！”二哥连连摆手，笑得如刚尝了蜜糖一般，开心极了。

明天就是正日子，众多亲友要照应，上轿子船的规矩礼要查点到位，二哥及其家人自然是忙。我便由三叔带着，沿着我多年之后笔下的“龙巷”逛了起来。

香河村真是小。巷子翻来覆去就这么一条：碎砖铺的，上了年岁了，早被踏得滚滑亮光的了。巷子左一弯，右一曲，弯弯曲曲，穿透整个村子。村里人叫它龙巷。

香河村，一村七个生产队，一百三四十户人家，靠龙巷两边住定。家前屋后，栽上几棵杨树、柳树，间或，也会有几棵榆树、槐树、苦楝树。春来杨柳泛绿，浓荫覆盖，如烟似雾，整个村子全笼在绿荫里，成了个绿色的世界。

这是我在长篇小说《香河》里再现的老家的模样。

眼前，香河村龙巷虽在，但碎砖路面不见了，水泥路面自是平坦整洁；原本村树掩映的房舍不见了，像二哥家这样的二层小楼多起来。如今的乡村，也和城里一样，被钢筋混凝土所包围了。虽说在正月里，乡亲们见了我都热情友善，可我还是看到了他们脸上的倦怠。他们当中绝大多数人在外打工，年前才回来的。一年的辛劳，换得几日回家的团聚。甚是不易。

在村上的小商店里，我给三叔买了两条烟、两包蜜枣。三叔自是高兴，这是节礼之外的一份。看他提着东西，逢人便说是侄子给买的，那份骄傲和满足，是多少钱也买不来的。

漫逛中，夕阳西沉。金色的光线穿透龙巷，把整个香河村照射得一片金黄，给我无限的暖意。借着这光亮，我意外地发现龙巷上有了香河西路的路牌。我没细问，这路牌是何时挂上去的，想来跟我的长篇小说《香河》问世有关吧？看着这原本普通的一块路牌，让我心头平添几许眷恋。

算起来，我的家乡是全省最后一个实现农村公路乡乡通的。迟虽迟了一些，然毕竟让家乡人出行不再有如“蜀道难”矣。一条条宽阔平坦的省道、国道，在水乡大地上纵横交错，有如一条条蛟龙在云水间腾飞，带给人们的是迅疾、便捷。坐在风驰电掣的轿车里，有时会感到跟老百姓间的距离似乎远了一些。偶或，也会怀念多年之前和当时的县领导骑自行车下乡的时光。

虽然再也没有过骑自行车下乡工作，但几年前我还是有了一次乘坐村干部摩托车进村入户的工作经历。那是一次全市范围的大走访。

居机关办公室久矣，对于我将要走访的镇村和农户，虽说不上有多少情感，却也有着一份期待与关切。这片土地将会以怎样的样貌出现在我面前，我将会遇见什么样的村民百姓？将会有哪些难题在等着我？

时在冬季，田野似少了些许春的生机，夏的盎然，秋的饱满。因为新年元旦将至，沿途高层建筑物上也还是挂上了迎新的条幅，以及商家的促销广告，鲜艳而吸人眼球。

经过近一小时的高速路车程，我和同事小周很快就来到了走访的村部。大概是我们要去的十六组距离村部还有一段路，村支书安排了两名村组干部用摩托车护送我们。我并不熟练地抬腿跨上摩托，那突突声一响，身后一股青烟飘出，摩托便载着我驶向要走访的目的地。

这样的行驶方式，于我已经是十五六年之前的事了。因而，在村部门口，我虽没有一点儿迟疑就跨上了车，但内心的小鼓点，还是咚咚咚敲了几下。那种不适应，十分显然。

一直以来，我自认为是一个接地气的作家，同时也不是一个官气十足的部门负责人。我的长篇小说《香河三部曲》所描述的就是我脚下的这片土地，所塑造的人物就是生活在这片土地上的乡亲们，得到的好评与肯定一直温暖着我。

然而，当我重新坐上镇里一位同志的私家车，继续我们的走访时，我发现自己与老百姓间的距离还是远了。坐在摩托后面，颠颠簸簸，起伏不定，再吹着扑面而来的寒风，那种不适应，一下子就透露出了自己身上的一些官气。大走访，给了我放掉一些身上的官气，多接地气的机会。

于是，到十六组之后，我坚持不再用车，一家一户，串门交谈。在走访的村民家里，我摊开走访笔记本，写下“2016 年 12 月 24 日”，这个原本极普通的日子。我知道，这一天，会因为大走访而深深印在我的心底。

半天的走访，时间是短暂的。我内心情感，是复杂变化的。两名村组干部对每家每户村民家庭情况的了如指掌，让我心生感动。还坐在摩托后面时，我就和载我前行的老万聊过，他曾经是一个村的支书，两个村合并之后，降为片长，但他做事的那股认真劲儿没有变。从他憨厚的笑容里，我知道，他很是为自己拥有一份村情联络图而自豪。

我也会为家庭幸福、日子红火的村民而开怀大笑。走访中，碰到一位老奶奶，儿子媳妇在城里工作，孙子在北京读研究生。

老奶奶谈及自己的孙子，骄傲地告诉我："在北京，读研呢——"话语里，满满的幸福，溢出了脸庞。

尽管我非常希望就这么一直开怀大笑着，可有些村民的生活情形，还是会让我如鲠在喉。一位八十一岁的老人，因家中突发变故，儿子服刑坐牢，媳妇命丧黄泉，孙子常年流落在外，自己和老伴相依为命，身体不好，生活陷入困顿。见他时，那双苍老枯骨的手拉着我说，他们的衣服几乎都是从垃圾堆里捡来的。我的心被刺了一下。

想有所表示，"做秀"二字闪过脑海，让我停下了掏口袋的手。于是，我极其郑重地递上印有党徽的党群连心卡，告诉他老人家，这上面填有我的名字和我的联系电话，有什么困难随时可以打电话给我，我一定尽力再尽力。

我脚步沉沉的，离开了老人的家。然而，老人家简陋破败的屋舍，老两口憔悴哀伤的面容，怎么也不能从我眼前抹去。

返程途中，我当即向有关部门反映了老人家的情况。很快，老两口被列为春节前慰问对象，获得了崭新的棉被等慰问品。这寒冬里的温暖，既温暖着贫困老人，也温暖着像我这样的走访者。

走访之后的第一个办公会，我便在本单位倡导捐款，为那贫困的老两口置办棉衣、棉鞋，希望给老两口一个暖心的春节。我把这一切安排好，尤其是给老两口的衣物，特别关照其他同事去送达。我的真实想法是，不希望老人家因为这个记住我，而是想让他知道，这是地方党委的一项部署。在任何时候、任何情况下，老百姓，特别是困难百姓，都是装在我们心里的。

此话既出，究竟有多少底气呢？现如今，我们工作生活的方向被飞机、高铁控制着，早不见了那些泥泞的乡村土路，我们是不是该时常问一问自己，你的脚下究竟沾有多少泥土?!

（2022年2月12日于海陵莲花）

风　俗

一

民谚有云：十里不同风，百里不同俗。风俗，让百姓生活有滋有味，摇曳生姿。

稍作留意便可发现，不少风俗，与时令是紧密联系的。对于普通百姓而言，一年之中，最重要的节令，莫过于春节，在我们乡下叫“过年”。

爆竹声中一岁除，
春风送暖入屠苏。
千门万户曈曈日，
总把新桃换旧符。

王安石的这首《元日》，可谓妇孺皆知，够得上当下所谓“现象级传播”。年，在国人心中之重要，不言而喻。堪比西方人之于圣诞。过年，这一特有的传统习俗，祖祖辈辈，年复一年，延续了几千年的时光。那则关于年的传说，亦随之流传了几千年。

说不清从何时起，过年渐渐远离了那则传说。贴春联，再也不为躲避那怪兽的袭击矣。年，在人们心目中成了一种新的期盼、新的希冀。于是乎，年，在民间，在普通农家那里，变得多彩而多姿，生动极了。

劳作了一年的庄户人，该高高兴兴、轻轻松松过个年，过几天舒心的日子了。其实，说到那时候过年，顶开心的，还是孩子们。对于孩子们来说，过年则意味着有新衣服穿，有好东西吃，还有好玩的、好看的，怎么能不开心呢！

拜年的习俗，至今都深刻在我的脑海。那时的大年初一，村庄上最先热闹起来的是孩子们。走东家，跑西家，满村子都是拜年的孩子。往人家门口一站，说上几句“恭喜发财”“万事如意”之类的吉祥话，便可以得到一份花生、葵花子、糖果之类的吃食，有时还能得到一个红包。

现在，每逢节庆，红包在手机里满手机飞着，抢得很是热闹。可在我看来，这手机红包，抢得再热闹，也不及一个红包实实在在拿在手里有质感。只不过，那时的红包内装的钞票算不得多，少的几毛，多的几块。别看红包内装的钱少，在我们拜年的孩子眼里，金贵着呢。

多说一句，这红包不仅为我们拜年的孩子所看重，亦为家里大人所看重。你以为，这红包就单纯是个红包，给的是孩子吗？

几个孩子一同站在别人家门口，主家一一都给了红包，看似随意，其实主家早就备好了，哪一份给哪家孩子，主家心里有数着呢。

孩子们拜年，每每拜了几家之后，便要回家一趟，将拜得的花生、糖果之类物品存放到家里，将负重的口袋卸空，以利再拜。

更为要紧的是，将拜来的红包交给大人。谁家包的，谁家没包，均须向家长一一说清爽。等到别人家孩子来拜年时，家长是包红包，还是不包红包，包多还是包少，心中就有数了。即便是别人家中没有小孩子，那也得记个人情。

儿时的年，留给我印象最深的，是大年初一吃糖团。大年三十晚上，一家人欢天喜地吃好年夜饭之后，便会在堂屋的电灯下，围坐在大桌旁，各自动手，包糖团。

在包糖团之前，父亲和我有一件重要工作要做——敬神。父亲是从旧社会过来的人，又读过几年私塾，自然会讲些旧时的规矩礼。

敬神，主要的祭品是“三呈”——鱼、豆腐、一块猪肉。鱼，多为一条鲫鱼；豆腐，一方整的，不能散；猪肉需在开水锅里焯一下，且配有冒头和冒子。

这“冒头”，抑或“冒子”原本指文之序言，鲁迅先生在《彷徨·孤独者》中有“先说过一大篇冒头，然后引入本题”这样的句子。此处用其引申义，意为不重要的搭配物。这里的“冒头”是一小块猪肉。

听父亲讲，无论什么时候，猪肉不能只是一块，一块便是独肉，引申为“毒肉”，不作兴。因而须有冒头。冒头和冒子原本意思相近，此处的“冒子”指拴肉用的草绳，早先便是几根稻草缠绕而成。

此外，还得有白酒。得新开，满瓶。已经开了瓶的酒，抑或饮用过的酒，再敬神，不恭。一瓶酒，配小酒盅三盏。还有黄元、香和烛台。黄元，乃敬神专用之物，纸质，绘有神灵图案，因其色黄而得名。

我们家敬神程序多半这样：父亲先洗了脸，在家神柜上摆好敬神所需之三呈，点燃烛台上的蜡烛，之后手持黄元和香炷，在家神柜前下跪（母亲早备好了软软的草蒲团），作揖，给神上香，敬第一杯酒，每盏略加少许。因敬酒要敬三次，一次添满杯盏，后面则难办矣。父亲每年都要敬神，有的是经验。这样的细小环节，自然考虑得很是周全。

敬过三次酒（很有点儿让神仙酒过三巡的意思），父亲便会点燃黄元和手中一挂小鞭，向家里喊一声："放炮仗啰！听响啊——"父亲的提醒，是好让我的三个妹妹注意，不至于吓着了。

一阵短促的噼啪声之后，便是我的燃放主场：燃放的长鞭，那可是真够长的，两三米总是有的。那嗤嗤声过后，一阵长时间、剧烈的鸣响，"噼里啪啦""噼里啪啦"……耳朵被炸得有点儿吃不消。且慢，吃不消的还在后头呢！

紧接着，父亲和我一起点燃一种叫"天天炮"的大炮仗，一般是十个，取十全十美之意。我和父亲各点五个。"嘭——啪！""嘭——啪！"只见一束火花，接着一束火花，直蹿入年三十夜的夜空，火花四射了，心花怒放了。

这样的时候，妹妹们是插不上手的。放这样的天天炮有点危险，稍不小心就会受伤。炸伤手，炸伤眼睛的，都有。其时，无现在的连响礼花炮。燃放连响礼花炮，则便当多了。点一次，响五十响，一百响，随你选。说起来，时代毕竟不同了。禁放鞭炮的呼声越来越高，地方政府推行的力度也越来越大。现在我所居住的城区已彻底禁放矣。

父亲和我敬神燃放鞭炮时，母亲也没闲着，在进行着一件同样重要的工作——和米粉。

米粉，是母亲年前精心准备好的，预备着过年时用。这米粉，由饭米和糯米混合而成。和米粉时，得考虑其黏稠度。和的过程中，加水是颇见技术含量的环节。说得玄一些，和米粉者，必须掌握米粉的性子，要知其根底。而不是仅靠现场观看瓷盆里的米团，是烂了，还是硬着。好的米团，其软硬度，黏稠度，都要达到最佳点。

母亲和米粉的当口，三个妹妹也没闲着，除了看父亲和我放炮仗，还会分配一下大年初一早晨扎辫子用的头绳儿，有各种颜色。过年当然选红色，但红也好多种呢，大红，粉红，深红，紫红……母亲真够细心的，想着法子让妹妹们开心。当然，这些头绳儿，即使不一定全派上用场，也浪费不掉，能用一年呢。

妹妹们还会相互比新衣裳的花头，看哪个身上的花头好看。在母亲眼里，姑娘家，还是打扮得花蝴蝶似的，好看，讨喜。所以，每到过年，哪怕父母亲手头再紧，也要给三个妹妹买件新衣裳。当然也少不了我的。虽说不一定一身全新，但身上的新鲜气候总是有的。

等到母亲把和好的米团端到堂屋大桌子上时，一家人都围拢过来，共同完成一件最甜美的工作——包糖团。

这时候，父亲已又一次洗手，拿出糖罐、芝麻罐，准备做包糖团所需的馅儿。糖团的馅儿，在我们家有两种：一种是红糖馅儿，另一种是芝麻红糖馅儿。将芝麻捣烂成粉末状，与红糖混在一起，便可制成芝麻红糖馅儿。这芝麻红糖馅儿，比起红糖馅儿，更多一层芝麻香。

一盏灯明晃晃地照着，一家人团团圆圆地围着，开开心心地说笑着，并不影响手里包糖团的活儿。这便是一年中最快活的时光。包着包着，外面下起了鹅毛大雪，沸沸扬扬，飘飘洒洒。用不了多一会儿，白了天，白了地，白了树杈，白了村庄。父亲朝门外望了望，说，这是瑞雪，好着呢。

是啊，瑞雪兆丰年。庄户人，能盼上一个好年景，比什么都重要。

大年三十晚上，一晚的开心兴奋，年初一早晨，我的妹妹们都迟迟起不来床。这样的时候，母亲会先给我倒杯红糖茶，让我吃点儿京果、云片糕之类。等到她们仨都起来，相互拜了年（说几句祝福的吉祥话，并不真的拜），之后，逸事逸当，一家人团坐到大桌旁喝茶、吃糖团。这糖团，咬在嘴里黏滋滋，甜津津，真的好吃。

过年吃糖团，团团圆圆的意思，大吉大利。

二

过年，对于寻常百姓家之重要，为普通百姓所看重，无须赘言矣。然，在过年之前，还有一节令，亦为普通民众所重视。这便是冬至。

每到冬至，当地一句“大冬大似年，家家吃汤圆”，无疑在告诉人们，汤圆是冬至日食物之标配。《汉书》中说：“冬至阳气起，君道长，故贺。”过了冬至，白昼日益加长，阳气回升，乃一个节气循环之开始，吉日也，应该庆贺。显然，此时的汤圆呈现出的是团圆、美好之意味。古人有诗为证：

家家捣米做汤圆，
知是明朝冬至天。

而“冬至馄饨夏至面”之习俗，几乎遍及华夏。清代一位叫潘荣陛的北京人，在他那部记述北京风物志的专著《帝京岁时纪胜》中这样说：“预日为冬夜，祀祖羹饭之外，以细肉馅包角儿奉献。谚所谓‘冬至馄饨夏至面’之遗意也。”冬至这一天，有贺冬、祭祀、迎神、辟邪等礼仪。

而夏至，这一天白天最长，黑夜最短。过了这一天，白天渐短，黑夜渐长。《帝京岁时纪胜》中亦有记载：“是日，家家俱食冷淘面，即俗说过水面是也。”时至今日，盛夏时节，我们还是会在面馆里，抑或是在家中，吃上一碗凉拌面。

这面，往往连着一词——长寿。给家中长辈、亲朋好友祝寿，一定会吃一碗长寿面。这长寿面之称谓，有两解：一曰，源于“人中”之说。古人认为，人之寿命长短，与“人中”长短有关，由面相之“面”，引申至食物。二曰，源于外形。面条长瘦之外形，与“长寿”谐音，遂由“长瘦”而至“长寿”。

我现在居住的城市，有一习俗颇好。祝寿当日，出席寿宴之宾朋，均要为寿星添寿，从自己的面碗中，挑出一根最长者，奉献给寿星。若所奉面条不够长，则显得诚意不够。

尽管我的老家没有这样的习俗，然，入乡随俗。这二十多年来，我倒是坚持将这一习俗引入了自己四世同堂的大家庭中。添寿，小小举动，易行，让人心生温暖，何乐而不为？

面条，虽为一小小面食，其蕴涵之丰富，变化之无穷，真令人叹为观止。我们口中常言之“水面”，乃民间习惯说法，也道出了面条之来路。

因面条皆由面粉和水加工而成，故有“水面”之说。水面，晾晒干制，可成挂面。我们那一带称之为“筒儿面”，长尺余，干制用纸包卷，易于贮藏。

面条，其加工之法不同，形成种类亦不相同。与之相适应的烹制方式，亦有不同。在我的印象里，几乎每一地，都有一款属于当地的特色面点。

和好的面粉，或压、擀、抻，或搓、拉、捏，之后制作成形，或窄或宽，或扁或圆，或长条或片状，最后经煮、炒、烩、炸，而成为一种风味面食。其花式品种甚是繁多，叫人眼花缭乱，有点儿刘姥姥进了大观园的感觉。如果没有当地人的指点，一时还真的难以选择。譬如，山西刀削面、北京炸酱面、兰州拉面、东北的冷面、上海的阳春面、广东的云吞面、四川的担担面、扬州炒面、岐山臊子面，凡此等等，不一而足。

山西刀削面和兰州拉面给我留下的印象颇佳，看看它们的制作加工过程，就颇为新奇。但见做刀削面的师傅，捧着个大大的面团儿，手执刀片，快速削取，面叶儿似落叶般纷纷飞落沸锅之中。如若师傅炫技，则倍速操作，此时的面叶儿更似落网之小鱼，接连不断跃入汤中，很是欢腾。

与刀削面的快疾有所不同，兰州拉面，讲究的则是抻拉过程之展示。原本极普通的面团，在面点师傅手里，双手一拉，一晃，便抻开了。之后，从中折叠，再抻拉，长度几乎等同手臂。此时，技艺欠佳者，往往会取谨慎态度，小心拉抻，不至中断。待面条宽细适度时，便可入锅。

我见过一种花式拉面，表演者边拉抻面团，边行走于食客中间，邀人观赏。在夸张的身体翻转之中，面条渐渐延展，长如细绳索一般，足够师傅跨跳过来。此番表演，定然赢得热烈掌声。这哪是在制作面条，分明表演杂技是也。

当然，这兰州拉面“中华第一面”之美誉，也不是虚妄的。其“汤镜者清，肉烂者香，面细者精”的独特风味，诱人食欲，令人叫绝。这里的肉，当然指牛肉。所以，人们讲兰州拉面，讲全了应为兰州牛肉拉面。其配料多有熟牛肉、牛油、芫荽、蒜苗、白萝卜、红辣椒。值得注意的是，面汤应为之前炖牛肉的清汤。如此，又呈现“一清”：汤清；“二白”：白萝卜片之白；“三红”：红辣椒，或辣椒油之红；“四绿”：芫荽、蒜苗之绿；“五黄”：拉面原色之黄亮。

山西刀削面，其面叶，中厚边薄，棱锋分明，形似柳叶；烹制成面之后，入口外滑内筋，软而不黏，越嚼越香。这刀削面的“浇头”，我知道的就有番茄酱、肉炸酱、卤鸡蛋、羊肉清汤等，配上应景时蔬，如黄瓜丝、韭菜末、青蒜末、绿豆芽之类，再滴上些许山西老陈醋，定然叫人味蕾大开。

常言说，一方水土养一方人。我老家兴化一带，人们喜欢的大多还是阳春面。这阳春面，有红汤和白汤之分。我至今都还记得老家县城里的品香二两面，那是白汤汁的阳春面。现时面馆卖面论碗，而早先都是按斤两定价的。一两是一两的价格，二两是二两的价格。你要三两也行，加价即可。

那时，品香店下面的小师傅，手艺着实精到。灶台上一二十只碗排着，他看碗抓面，入锅前掂量掂量面条的分量，不多不少，每碗二两。面条下锅之后，师傅会给每只碗装入荤油、味精、细盐、小胡椒、蒜花儿等适量佐料；面条起锅前片刻，再兑入乳白的骨头汤，至小半碗，然后，让面条养汤而入。

这阳春面，讲究的是面条的筋骨。煮面时间长短、炉火大小，均要掌控好。否则，非硬即烂，达不到阳春面应有的品质。品香店的师傅，用滚水下面，片刻，即用两根尺把长的面筷在锅里搅动，让面条不至结团；搅动几个来回后，便兑入冷开水，让面条稍养片刻，便开始装碗。但见小师傅一手持面笊，一手挥动面筷，往面笊里划进两三下，再往外划两三下。之后，甩一甩面笊，不让面汤滴进碗里(如此味则纯矣)，再轻捷地将面装进碗中。此刻，面条似梳理过一般，齐刷刷地在碗里呈现，清爽得很。小师傅的全套动作，干净、利索。

看着乳白骨头汤之上漾着青青蒜花儿的阳春面，赏心悦目，叫人垂涎。尝一尝汤汁，其鲜美自不必说。最是那阳春面的面，挺而不硬，软而不烂，火候恰好。

在我的老家，也有面和馄饨一起下的，谓之“饺面”，其实跟现在的饺子无关。之所以叫“饺面”，大概是沿用了古老的称呼。在很久以前，馄饨和饺子是不分的。古人认为馄饨没有七窍，称为“浑沌”，改成现在的字样，是后来的事情。馄饨，又有云吞、抄手等诸多别称。就云吞和抄手而言，前者从音出，后者从形出。

与馄饨这一路发展下来热闹非凡的阵势相比，水饺的境况似乎略显冷静。这也难怪，当初它被医圣张仲景发明出来唤作“饺耳”时，是用来治疗冻烂之耳的一味药物，跟一开始就流入民间广为传播的一道美食比起来，当然是不一样的啰。

实在说来，馄饨和水饺都为面皮包裹肉馅之类。然，馄饨皮儿薄，包起馅儿来，易变化，且最后呈现的姿态，以柔取胜，似一风情万种的少妇；而水饺皮要厚得多，包馅儿不能随意，只能捏边，最后呈扁平状，因而又有“扁食”之称谓。究其模样，则较馄饨要呆板一些，有点呆二小的味道。咬一口，实实在在，不似馄饨那么滑溜、绵软。

馄饨之口感，似乎更适宜像梁实秋先生这样的文人雅士——

> 我最激赏的是致美斋的煎馄饨，每个馄饨都包得非常俏式，薄薄的皮子挺拔舒翘，像是天主教修女的白布帽子。入油锅慢火生炸，炸黄之后再上小型蒸屉猛蒸片刻，立即带屉上桌。馄饨皮软而微韧，有异趣。

这是梁先生在他的《雅舍谈吃》中关于煎馄饨的叙述，颇多趣味。

三

过年，热闹喜庆的不只是每家每户家中，不只是满村拜年的孩子们。在我老家那一带，每到过年，乡亲们便喜气洋洋，放炮仗，舞龙灯，荿花船，踩高跷，敲锣打鼓，每个村庄都热闹起来。

你或许见过民间表演中的花船，或许见过民间表演中的花灯，或许见过民间表演中的彩装，但你见过真人彩装置身于花船，且能够游走的花灯吗?

如若没有，那么请你元宵节时，到兴化古镇沙沟来吧！来看一看，美极艳极，色彩斑斓，风情四溢，独具特色的沙沟游走灯会。

说起来，我国民间素有元宵节看花灯的习俗。每年的正月十五，便是民间闹灯会、看花灯的好日子。这一天，在花灯璀璨的光影里，别样的种种精彩亦在悄然上演。这一天，也成了情人相会的日子。

有一出名叫《夫妻观灯》的黄梅戏，堪称经典。你听——

王　妻：正哪月十啊五闹哇元宵呀呀子哟，火炮哇连天门哪前绕喂却喂却依喂却喂却冤哪家舍呀嗬嘿，郎啊锣鼓儿闹嘈嘈哇。花开花谢什么花黄？

王小六：兰花黄。

王　妻：吗花香？

王小六：百花香。

王　妻：兰花兰香百花百香相思调儿调思相，我自打自唱自帮腔。咦嗬郎当呀嗬郎当瓜子梅花响丁当。

你再听——

王小六：夫妻二个城门进，抬起头来看花灯。东也是灯，西也是灯，南也是灯来北也是灯。

王　妻：四面八方闹哄哄。长子来看灯。

王小六：他挤得头一伸。

王　妻：矮子来看灯。

王小六：他挤在人网里行。

王　妻：胖子来看灯。

王小六：他挤得汗淋淋。

王　妻：瘦子来看灯。

王小六：他挤成一把筋。

王　妻：小孩子来看灯。

王小六：他站也站不稳。

王　妻：老头儿来看灯。

王小六：走起路来戳拐棍。

黄梅调悦耳动听。王小六和妻子的表演，生动诙谐，情趣满满，令人捧腹。这一出传统曲目，至今仍是“网红”，说来跟吴琼、李恋两位演员的精彩演绎不无关系。

有道是“月儿弯弯照九州，几家欢乐几家愁”。王小六和妻子一起逛进汴梁城观了一回灯，好不开心。而欧阳修笔下的那对才子佳人，则没有王小六这对小夫妻幸运矣——

去年元夜时，
花市灯如昼。
月到柳梢头，
人约黄昏后。

今年元夜时，
月与灯依旧。
不见去年人，

泪湿春衫袖。

难怪有人主张将元宵节定为中国的情人节。

元宵节灯会，当然不止北宋有，北宋也不止汴梁城有。其流传之久远，传播范围之广，完全够得上载入吉尼斯世界纪录。现如今，就全国范围而言，声名远播的灯会就有京城灯会、自贡灯会、南京夫子庙灯会、扬州灯会、海宁灯会等。

与这些灯会相比，沙沟游走灯会的知名度似有不及。可只要你来沙沟观看过这里的灯会，就一定会喜欢上其特有的表演形式——游走，就一定会喜欢上游走花灯。

沙沟游走灯会，每年举办两次，分别为正月十五和二月初二。灯会当日，不用说十里八乡的乡亲，甚至是大江南北的看客，都会纷至沓来，观灯赏灯，感受沙沟游走灯会那一份特有的美妙。其时，沙沟镇的水面上，舟楫穿行，集镇四周的河岸边停满了前来观灯的大大小小的船只。大街小巷之上，早已是张灯结彩，色彩斑斓，人流穿梭，一派繁忙。

这沙沟游走灯会上的游走花灯，还真值得一说。

与其他地方花灯的局部灵活不同，沙沟灯会上的花灯，可整体移动。其花灯主体与花船仿佛。每组灯都在讲述一个独立的故事，由真人彩装扮演。辅以各式人物所需之道具，再加之衬景布幔、辅助烛灯之类，整个灯体流光溢彩，绚烂艳丽。那些栩栩如真的人物，在花船之上徐徐前行，乍一见，着实令人称奇。

然，道破天机之后，并无多少玄妙。花船的布幔所绘人物肢体，只是一种假象。花船的移动，靠的是彩装真人自己行走，只是走被掩盖在了布幔之下。

沙沟灯会，既称之为游走灯会，就有了和出庙会一样的形式——出灯。出灯时，当然少不了着武士装和舞长练火球的开路先锋。游人见火球飞旋，火星四溅，自会退让。

两名高举头牌的衙役，紧随其后。头牌，为镂空龙凤呈祥图案的盒灯。头牌后面，紧跟着六书艺人组成的乐队。乐队所奏曲牌有喜临门、点将台、百鸟朝凤之类，音调甚是高亢、悠扬。

沙沟游走灯会的头班灯为五星赐福。此乃惯例，雷打不动。但见福禄寿三星，脚蹬彩云，与仙鹤、鹿相伴，仙气四溢。寿星捧仙桃，福星执“五星赐福”四字匾。彩灯四周，烛灯闪烁。八位身着彩服，手持祥云彩灯的美少女，围绕着彩灯不停旋转，让三星犹如置身于朵朵祥云之中，如梦如幻。

此后由什么花灯出场，并无定例。每次灯会出灯顺序都不太一样。大致有八面牌匾灯、西湖塔伞灯、拷红灯、八仙灯、鹊桥灯等。

出灯队伍中，每两组花灯之间，有锣鼓夹行。花灯前行时，有“咚咚锵”“咚咚锵”的锣鼓声相伴，不致让出灯悄无声息，增添了不少喜气。

明眼人定能看出，沙沟灯会自有其亮色。其一，灯中有戏，戏内有灯。舞台上的戏剧元素与彩灯完美融合，美轮美奂，恰似一出出活剧。其二，机关巧置，制灯技高。借花船之形，巧置各种机关，花灯让人耳目一新，却又不漏彩，极具观赏性。其三，真人彩装，惟妙惟肖。灯中有真人，人走灯随行，人灯又一次完美融合，天衣无缝。其四，地域特色，水乡风情。荷藕莲菱，鱼虾蟹蚌，应有尽有，皆入得灯会。游人见之，浓郁的水乡气息扑面而来。

沙沟游走彩灯，还有着每逢盛大庆典出会之传统。近代以来，出会四次：1946 年正月，沙沟市委、市政府庆祝民主政权成立一周年；1952 年 10 月庆祝中华人民共和国成立三周年；1964 年庆祝兴化县贫下中农代表大会召开；1969 年庆祝中国共产党“九大”召开。顺便说一句，别看沙沟现在只是个镇的建制，历史上曾设过市的。读者诸君如若见到“沙沟市委、市政府”之字样，不要以为是笔误。

如果说色彩艳丽的花灯让新年变得更加多彩，那么动感十足的高跷龙则让新年更加多姿，充满活力。

与象征着祥瑞之兆的狮子相比，龙的象征意义则更为强大。国人都自诩为“龙的传人”，龙成了中华民族始祖之象征。然，与狮子不一样的是，狮子在自然界确有存在，而龙则是多个动物形象的杂合体，在自然界并不存在。龙，源于祖先们祈求风调雨顺、幸福平安之虚构。即使是虚构之形象，也不妨碍我们倾注巨大热情来崇拜它、赞美它、喜爱它，并且通过各种各样的形式来表演它、再现它。兴化高跷龙，便是一种对龙的演绎和赞颂。

兴化高跷龙，为龙舞之一种，表演者需踩着高跷舞龙。表演者个人技巧当然要好，关键是要整体协调。与在地面舞龙相比，高跷舞龙动作完成难度更高，更为复杂，一旦完成则更为惊险、刺激，其观赏性更强。

最早的高跷龙，出现在兴化垛田的高家荡。地处兴化城东郊的垛田镇，很久很久以前只是一片湖荡沼泽。满眼望去，湖荡之上密密麻麻尽是芦苇。在芦荡上空盘旋翱翔的是野禽，奔跑在苇丛之中的是现在被人们视为珍宝的麋鹿。早期的先民们就生活在这里，繁衍生息在这里。与野禽为舞，与麋鹿为伴。日出而作，日落而息。芦洲、湖西口、周家荡、杨家荡等自然村落，在先民们的劳作之中自然形成。

高家荡也是其中之一。它位于垛田的最东部，以高、杨、张、王四大姓氏为多，人口三千有余，多数是明洪武年间从苏州等地移民而来。他们从祖先那里继承了踩高跷、舞龙灯的传统习俗。至清乾隆年间，高家荡创办了都天会庙会。为让庙会更具吸引力，村民高德文提出，将踩高跷与舞龙灯合二为一，踩着高跷来舞龙。

想法既出，高德文便付之于行动。他四处拜访民间艺人，反复揣摩将踩高跷与舞龙灯结合在一起的关键点，组织高氏家族的男丁，潜心练习，最终创出了一种崭新的龙舞形式——高跷龙。

高跷龙所用高跷，由高一米左右的杉木制成。所舞之龙为竹制骨架，布制龙身，龙头、龙身、龙尾共计十一节，与寻常舞龙灯之龙并无二致。表演时，其动作套路与通常龙灯舞一样，只是龙前没了龙球引逗，靠掌龙头者带动前行。舞高跷龙，毕竟是在一米高的高跷上进行，因而通常只有大花、小花、纯阳背剑、九连环四套。

为凸显表演效果，表演者着装自然要统一。早期为“上白下蓝，头白腰红”，即上着白褂，下穿蓝裤，头扎白毛巾，腰系红绸带。

现在变化较大，主要有三变：首先变的是头巾。表演者有时扎花头巾，五颜六色，色彩纷呈；有时扎同款头巾，整齐划一，精神干练。其次变的是着装。上装由白变黄，下装由蓝变红，色彩更为鲜艳耀眼。最后变的是脚上。早先虽没统一规定，但几乎无一例外，都穿布鞋。现在则改为运动型球鞋，矫健敏捷，清爽利落。

高跷龙也曾被当作“四旧”而取缔。当人们在喧天的锣鼓声中，在绚丽的彩旗引领下，再度看到那身着彩服、脚踩高跷、手举长龙的表演者们，已是大地春回，改革开放矣。

见到那摇头摆尾、撒欢而行的高跷龙，人们便会燃起鞭炮——接龙。此时，高跷龙定然停止行进，圃场子，敲锣鼓，上套路，开始表演。

但见踩着高跷的舞者，一律将双腿呈八字形叉开。金黄色的长龙，在舞者们身体上方的左右两侧翻滚起来。刹那间，阵阵巨浪掀起，呈翻江倒海之势，何其壮哉！

“小花！好——”围观者情不自禁地叫起好来。

小花为舞龙的常规动作，看得观众不过瘾呢。“来个刺激的——”面对观众们的呼声，原本在原地翻转的金龙，瞬间运动起来，时而迂回，时而穿插，时而徐行，时而疾驰。一时间，人在跷上舞，龙在空中飞，一招一式，精彩纷呈，惊险刺激。

面对这久违了的表演，潮水般的掌声在人群中爆发。叫好声，一声高过一声，此起彼伏，直冲云霄。被禁锢得太久了，乡亲们终于可以冲天高吼，扬眉吐气！

我在为乡亲们久积心底的豪迈之情得以抒发而由衷高兴的同时，也为家乡高跷龙这一非遗传承项目后继乏人，产生些许担忧。或许是高跷龙对技巧要求太高，或许是高跷龙动作存在一定风险，或许从事这一民间表演收入甚微，或许……总之，现在的年轻人几乎没人再愿意从事这样的民间舞表演矣。

古老而又极具观赏性的高跷龙啊，你究竟还能走多远呢？

四

儿时过年的吸引力，远不止上述所列举的那几种，还在于可以走亲戚，看新娘子——看好多好多的新娘子，本村的，外村的，漂漂亮亮的新娘子。在我的老家，青年男女结婚办喜事，多半在正月里。

过年办喜事，喜上加喜，热热闹闹，主人家自然高兴。因而，自小喜送日子，到大喜办婚事，时间长也就是百日左右，短则仅有个把月。忙，是免不了的。男女双方比较起来，女方家尤忙。

头一桩是忙嫁衣。那时节，男方家送来的没有成衣，都是需裁剪的布料。有的还需要配里子。譬如做棉衣，面料如若是大红的，里子也得选配大红，这叫内外一色，新娘子嫁到婆家，不致被视若路人。如若里子布需配图案，也不能随便配。通常来说，各式条纹均可配，说是“条子条子，条条有子”，图个吉利。配格子就不行。“格”与“隔”音谐，格子隔子，属大忌。

短时间要赶做几十件嫁衣，着实够忙的。然，不管家中多忙，也不管待嫁姑娘如何心灵手巧、能裁会缝，一般是不拿针线的。何故？理由有二：一是当妈的有意让姑娘省省心，这缝补浆洗之类的活计，到了婆家有的做呢；二是待嫁姑娘本人动手赶嫁衣，被邻居们看见，定会被笑话的：上赶着想把自己嫁出去，等不及了？

所以，不管多忙，待嫁姑娘总是打定主意，不动手。这当口，自会有知己的亲朋好友主动帮忙。值得注意的是，给待嫁姑娘做嫁衣的，一律应是全福之人——夫妻双双，子孙满堂。鳏寡无后之人，均不够格。

忙嫁衣，其针线当然得讲究。无论粗缝、细缝，或是绲边儿，必须一根线做到头，中途不能断，不能接，不能倒针，不能打结。否则，就意味着夫妻俩，婚后不能和和睦睦，白头偕老，不是“断弦”（断线），便是“颠颠倒倒”“结结皱皱”，日子过得“疙疙瘩瘩”，一辈子难得顺遂安稳。

第二桩是忙嫁妆。姑娘要出门（意即出嫁），当父母的终归得忙。但父亲与母亲忙得不一样。上面说到的嫁衣，全凭母亲掌管。忙嫁妆，则是父亲大权独揽，当然得操心费神了。

说到陪嫁妆，大致有三种规格，有钱人家四铺四盖，殷实人家两铺两盖，寻常人家一铺一盖。不过，家底再穷，姑娘出门，陪嫁起码也得有马桶、脚盆、灯盏之类。这也图个吉利，马桶俗称子孙桶，脚盆是将来姑娘生孩子分娩用的，灯盏象征着光明。这几个钱是省不掉的，非花不可。至于说“几转几响几条腿”之说法，出现得比“几铺几盖”要晚得多，且多半是城里人的要求。

忙好嫁衣、嫁妆之后，嫁期也就近了。这当儿，女方得请全福之人给嫁妆上剪贴大红喜字之类。手巧一点的，还能剪出“喜鹊登梅”“鸳鸯戏水”“丹凤朝阳”之类的喜庆图案。此外，各式嫁妆里还得放上红纸、钱币、糖果、红枣之类。尤其是马桶里得装上枣子、桂圆和七只鸡蛋，象征着将来早生贵子、贵中状元、七子团圆之意。这不仅是美好祝愿，还有实用意义，须到婆家的第二天方才见效。

待嫁姑娘在开脸前，竟连续三天不能吃有渣滓的饭菜，仅用鸡蛋、蜜枣、桂圆代之，这叫“饿嫁”。

男婚女嫁，更为热闹喜庆的是男方家。女方家，也只有新姑爷上门迎亲时还算热闹，一旦姑娘出了门，虽说也是亲友满堂，但做父母的，还是觉得家中一下子冷清了许多。在家里生活了二十多年的姑娘，就这样嫁到别人家去了，做父母的心里头不好受，那是当然。

此刻，男方家则有着另外一番热闹的景象。众亲友愈忙愈有劲儿，新娘子快进门了。放眼望去，四周满是喜气。按老理儿写的喜联，很是鲜艳。但见大门上贴的是“福来俱是五，喜到定成双”。那新房门上更为醒目：“红梅多结子，绿竹广生孙”，横批“螽斯衍庆”。

老家多水，当地人娶亲，用花轿的少，多用花船，也就是轿子船。讲究排场的人家出动三条船：打头的一条叫乐船，舱里一般安排六名吹鼓手，娶亲时吹奏些《游龙戏凤》《刘备招亲》之类的戏曲儿，吹吹打打，自演自唱，十分热闹。居中的一条叫轿子船，舱里摆花轿，轿前放两张方凳，专给新郎和陪郎坐的；轿后放张方桌，上有棉被、席子和一对花枕头。殿后的一条船是空的，叫嫁妆船。显而易见，是等着装嫁妆用的。

迎亲必备的盒担，按常规是些鱼肉、糕馒之类，均有一定礼数。较之往常，还有两样必备：一样是“养女三坛酒”的第三坛酒，再一样是三升三合的还伢娘米。这“还伢娘米”，其象征意义大于实际价值。

围绕花轿还有许多习俗呢，譬如，轿前要有火盆火把，轿顶要安“照妖镜”，以及插有羽毛之类的喜饰。

轿子船在靠女方家庄岸之前，得先燃放三响炮仗，提醒女方出来接亲。待双方亲友道过喜，新郎官便由媒人引领上岸。跟在新郎后面的，便是拿火把的，端火盆的……

这刻儿，看热闹的多起来。从河口到巷两边，一直到女方家门前，挤挤簇簇，满是人，男女老少，不计其数。看热闹的当中，最活跃的是细猴子，真是猴子似的，在轿子周围钻来钻去。而年轻的姑娘们总是躲在人后或墙角不显眼处，偷看：这新姑爷相貌如何，美男子？丑八怪？大路货？

别人看热闹的时候，上轿子船的正忙，没空理会。因为轿子船上的东西包括前文提及的火把、火盆之类，以及盒担之类，进入女方家先后有序，不能乱。譬如花轿，须停放在女方家大门外事先备好的芦席上，轿腿不能着地。即便花轿上了岸，停放妥当了，迎娶的人们还是进不了女方家的正屋。

瞧，那大门紧闭着呢！不过，别紧张，只需新郎官给女方喜妈包个封儿，门便会打开。这叫“开门封儿”。新郎官晓得，从包了这开门封儿起，接着要包封儿的地方多着呢。

新郎官包了开门封儿之后，女方家正门打开，则另有一番礼仪。首先用茶为轿子船上迎亲的人们暖手、甜心。

这里的“茶”，不是茶叶之“茶”，乃糖团是也。说成“茶”，潜含客气的意味。下糖团，或每碗四只——事事如意，或六只——六六大顺，或八只——八节康宁。

不用担心，糖团个头如桂圆一般，一双筷子夹一只，好下口；即便是八只，对乡里人来说，吃下去也不成问题。而此时，新郎官的茶碗里，则大不同矣。

女方家似乎对新郎官特别优待：盛糖团的碗大了许多，碗中糖团也精致了许多，个头甚小，状如豌豆。明眼人一看便知，这是在为难新郎官呢。若是用筷子一只一只夹着吃，势必费时，到时候其他人吃好了，新郎官还在慢慢吃，岂不难为情？若是想速度快，就着碗口扒，又不文雅，吃相太丑，更难为情！

你还别说，女方家这道茶，还真难住不少新姑爷呢。可也有聪明的新郎官，索性只用口不动筷，就是说只喝口汤，糖团一只不碰。这举动，机敏地留了个“满满有余”之伏笔，让女方得了个好彩头，双方都开心。

新娘子临上轿前，照例得哭，叫哭嫁。而新郎官则不管新娘子的啼哭，跟着喜妈后面转，忙着包封儿。凡上锁的箱柜橱笼，他都得包封儿，捏一把锁一个封儿。这类封儿，有个统一的名称，叫“捏锁封儿”。

这箱笼之类得留一只暂且不锁，在新娘子上轿之前，长高用。“长高”，也叫“压箱子”。说白了，就是男方女方一对一比着往箱子里扔钞票。

早先，兴化农村人的手头富裕的不多，长高也就象征性的，双方把礼数尽到了即可。也有家中殷实，想争脸面的，双方一次比一次放得多，最后争得各不相让，误了轿子船启程，这时只有资深的长辈出面打圆场，方才罢手。

这长高的箱子，其钥匙之重要，不言自明。这钥匙，多半由喜妈亲自交给新娘子。这里头，就不免有表面文章矣。娘家长高压箱子的钱，望招或回门时便会回到父母或哥嫂手中。新娘子这点儿小动作，新郎官自然是视而不见。

除去捏锁封儿之外，喜妈要为新娘子头上上凤冠盖花巾，这时，新郎官又得给喜妈包上头封儿。新娘离家出门前要和新郎官一起拜别天地君亲师，此时，新郎官要再包一个抱轿封儿，给女方家抱新娘子上轿子之人。

这抱轿封儿谁拿，一般来说，不是父亲，便是兄弟，没兄没弟，舅舅也可代替。这一做法，目的是为姑娘日后回家留个理由。毕竟姑娘出嫁时，硬是被抱上轿的。

当新郎官口袋里的封儿包完了，轿子船也可离岸矣。返程之前，撑轿子船的要在女方家附近河面上连打三转，叫“风车位子”。

说是让姑娘转得不辨方向，断了回家的念想，一心一意到婆家生儿育女过日子。这一招，是对着女方家给姑娘留后路而来的。

此时，新郎官家里，正翘首以盼，等着给一对新人拜花堂呢！那将是整个婚礼的高潮，该有一番怎样的热闹与喜庆哟！

时至今日，我都很是感慨，我的那些乡亲们在苦涩贫瘠的日子里，把原本极其寻常的婚嫁之事，张罗得有声有色，颇见波澜，十分了得。

五

五月榴花妖艳烘，
绿杨带雨垂垂重。
五色新丝缠角粽，
金盘送，生绡画扇盘双凤。

欧阳修的这首《渔家傲》，用“榴花”“绿杨”“角粽”等描写了端午节的风俗，营造了端午节喜悦的情绪，点出了这一节日的主角——粽子。

众所周知，农历五月初五，乃端午节是也。据闻一多先生考证，端午的起源，是中国古代南方古越族举行图腾祭的节日，比纪念屈原氏更早。虽然，端午节并非为纪念屈原而设立，但是端午节之后的一些习俗显然融进了纪念屈原的元素。在这样一个特殊的日子，诗人们也会奉上一份缅怀——

“国亡身殒今何有，只留离骚在世间”，这是宋人张耒的悲切；“年年端午风兼雨，似为屈原陈昔冤”，这是南宋赵藩的不平；“屈子冤魂终古在，楚乡遗俗至今留”，这是明代边贡的思念。

在我老家，虽然当地民众不一定都知道屈原其人，但一提到三间大夫是楚国人，心里头便一下子变得亲近起来。我们那地方，很久很久之前，曾是楚将昭阳之食邑，当然属楚。至今，还保留着“楚水”之别称，亦算是对昭阳将军的怀念吧！

过端午节，除了划龙舟这种大型户外纪念活动外，家家户户门口都要挂上菖蒲、艾草叶，以求驱鬼避害，家庭和顺；小孩子手上、脚上，要佩戴五色百索，以求驱邪免灾，保佑平安；大人们中午一定要喝几杯雄黄酒，以求驱邪扶正，祛病强身。

汪曾祺先生在《端午的鸭蛋》一文中，有这样的描述：“喝雄黄酒。用酒和的雄黄在孩子的额头上画一个王字，这是很多地方都有的。”与雄黄酒相配的，当天中午的菜品也有讲究，需“五红”“五黄”。“五红”通常是烤鸭、苋菜、红油鸭蛋、龙虾、杨花萝卜；五黄分别是烧黄鱼、烧黄鳝、拌黄瓜、咸蛋黄、雄黄酒。据说端午节吃了这“五红”“五黄”，整个夏天便可驱五毒、避酷暑。这当中，自然少不了一样重要食品——粽子。

传说屈原投江后，他家乡的民众害怕龙鱼吃了先生的身体，纷纷裹粽子投入江中，任由龙鱼吞食，以此避免屈原身体受伤害。这样一来，裹粽子的习俗，便一年一年延续了下来。粽子也成为人们生活当中的一道美食。

唐代诗人元稹“彩缕碧筠粽，香粳白玉团”之句，状写的是粽子的形状和味道。同样是唐代，温庭筠的“盘斗九子粽，瓯擎五云浆”则描绘了粽子的大小和品质。宋代陆游的“盘中共解青菰粽，哀甚将簪艾一枝”，道出了那时已有“以艾叶浸米裹之”的艾香粽子。大文豪苏东坡，尤喜食粽，品尝了馅中藏有蜜饯的粽子之后，留下了“时于粽里得杨梅”的诗句。清代林苏门的“一串穿成粽，名传角黍通。豚蒸和粳米，白腻透纤红。细箬轻轻裹，浓香粒粒融。兰江腌酭贵，知味易牙同”，则写尽了火腿肉粽之妙。

粽箬，天生是和端午节拴在一起的。因为端午节，这粽箬才有了用武之地——裹粽子。

老家兴化上好的粽箬，大多生长在肥沃的湖荡里。这样的湖荡，我们多半直呼之为芦苇荡。因其芦苇繁盛之故，而完全忽略了其他物种之存在。

芦苇荡，多淤泥，水生植物丰富，很是适合芦苇生长。尤其是盐柴，生长在芦苇荡，其芦苇子更是肥美，秆儿粗粗的，苇叶儿阔阔的。五月端午节前，便有姑娘媳妇，三三两两，划了小船到芦苇荡来打粽箬。碰上这样肥美的粽箬，这些姑娘媳妇会开心一整天呢。

粽箬从芦苇秆上打下之后，需一把一把地扎好，放到箩筐里，之后，到城里街上去卖。在家乡，卖粽箬，多是女子所为，且不是一人独做，而是三五个甚至十来个女子，搭帮成伙，划了小木船进城。

端午节前的县城，卖粽箬的女子，随处可见。她们挑着青篾小箩筐，走在青砖小巷之上，一溜儿软软的步子，杨柳腰，青竹小扁担在肩头软悠悠的，直晃。时不时地，有女子亮开嗓子吆喝起来：

“卖——粽箬格——”

“卖——粽箬格——”

那嗓音儿脆甜甜的，软酥酥的，很是叫人流连。

六月六，

吃口焦屑养块肉。

这则民谚，说的是我们那一带“六月六”尝新小麦的习俗。而这一天，又被称为多个不同的节日。其中有叫天贶节的，说这一天在江苏淮安民间有“六月六，晒红绿”之习俗。相传玄奘从西天取佛经返回，过海时经文被海水浸湿，于六月六这一天晒经。一个“晒”字，由此流传开来，皇家晒龙袍，老百姓则晒红红绿绿的各色衣物。

而这一天早餐的食物，便是焦屑。至于说，“六月六”的风俗，是否和大禹出生在六月初六有关，尚需进一步考证。

焦屑，也有直接用小麦粉，自己在家里烘炒的。只不过，相比较而言，还是炒熟的小麦，或磨，或烘，做成的焦屑更香。这与汪曾祺先生笔下的“焦屑”，似乎不是一回事。汪先生说，“煳锅巴磨成碎末，就是焦屑”。

难道这是他那个年代的产物？在兴化，好像没有人家专门用煳锅巴磨焦屑的。而他进而说的，“我们那里，餐餐吃米饭，顿顿有锅巴”，则让人无限羡慕矣。

说实在的，“瓜菜代”的年头，能塞饱肚皮，就谢天谢地了，哪里还会去讲究吃的什么粮食哕！可以肯定的是，“餐餐吃米饭，顿顿有锅巴”，无论如何是做不到的。至于汪老讲，“把饭铲出来，锅巴用小火烘焦，起出来”，这在生活条件好转之后，我们小时候倒是做过这样的事情。只不过，这锅巴起出来之后，不是汪先生所说的，“卷成一卷，存着”。而是，起出来之后，立即咯吱咯吱嚼进自己肚子里去了。家中小孩多的，一锅烘下来，每个孩子也就一小块锅巴，哪里还需要存哕？

汪先生说，“锅巴是不会坏的，不发馊，不长霉。攒够一定的数量，就用一具小石磨磨碎，放起来”。这是不是当时高邮普遍的做法，还是像汪家这样殷实人家才有的做法？在那贫困年月的兴化，如若有这样的锅巴，也是存在肚子内更不容易坏，哪里还有什么耐心等攒够一定的数量，再磨成焦屑哕！

他老人家说，焦屑也和炒米一样，用开水冲冲，就能吃了。焦屑调匀后呈糊状，有点像北方的炒面，但比炒面爽口。这些，跟兴化人所认识的焦屑的特性，又一致矣。

焦屑，确实可消闲，亦可充饥。

当年我女儿上幼儿园时，每日里，是要吃两次副餐的。她自然不晓得，她爸爸像她这般大时，是无这等口福的。

那时节，乡里孩子，谈不到什么副餐。了不起，小布兜里，装些焦屑罢了。想吃了，张开袋口，舌头伸得长长的，舔食些焦屑，慢慢咀嚼。鼻上、额上、脸上，均沾了不少焦屑粉，白白的，弄得大花脸似的，叫大人们望见，笑道：细猴子，上戏台，甭化妆啦！

这情形，在乡里极常见。大人笑小孩子吃焦屑模样不好看，其实，大人吃焦屑，又是另一番难看的模样。大人一般不干吃，用开水泡了吃。

从地里劳作回来，饭还没好，肚子又咕咕咕地叫了。于是从碗柜里拿出蓝花大海碗，装上半碗焦屑，用开水冲泡。边泡，边用筷子调。调匀了，便能吃了。捧碗，到巷头上，边吃，边闲谈。

其吃法挺特别。一只手捧碗，伸出长长的舌头，循着碗边舔。手腕一转，碗边转动起来，舌头趁势一舔。一圈，一圈。蓝花大海碗里的焦屑，平平整整，碗边干干净净。在腕转舌舔之中，一碗焦屑便下肚了，毫不费难。

焦屑涨得很，半碗干的，泡一碗足足的。

等到碗空了，方才想起另一只手中还有双筷子似的。用筷子敲敲碗边，愉快地回家，接着干下几大碗干饭。这筷子，倒成了手中的摆设。

焦屑，并不为人们想象的，有滋有味。焦屑的滋味，是人为加进去的。泡焦屑，不加油，不加糖，算不得可口，唯充饥而已。

说起焦屑干吃比泡了吃有滋味，那得用细糖、麻油，与焦屑相拌，并且把焦屑拌得湿湿的，湿而不潮，吃到嘴里香甜湿润，一点儿也不呛喉咙。

信不？

六

明月几时有？

把酒问青天。

不知天上宫阙，

今夕是何年。

……

苏轼的这首中秋望月怀人之作，之所以传之不衰，让人产生共鸣，与他收笔时，道出了人人心中都有的美好祈盼不无关系：“但愿人长久，千里共婵娟。”

在民众心目中，对中秋节的重视程度，似乎要超过端午节。难怪说，中秋节是仅次于春节的第二大民间节庆。最早出现于《周礼》的“中秋”一词，到唐代才成为固定节日。《唐书·太宗记》就有“八月十五中秋节”之记载。

中秋节，成为万家团圆的节日，一个重要的角色闪亮登场——月饼。明代田汝成在《西湖游览志余》中说：“八月十五谓之中秋，民间又以月饼相遗，取团圆之义。”

电影《啊，摇篮》中有一首红歌：《爷爷为我打月饼》，抒写的是“我”与红军爷爷之间的真挚情感。其旋律轻快活泼，词儿也明白晓畅。不妨将歌词抄录如下——

八月十五月儿明呀，
爷爷为我打月饼呀，
月饼圆圆甜又香啊，
一块月饼一片情啊。

爷爷是个老红军哪，
爷爷待我亲又亲哪，
我为爷爷唱歌谣啊，
献给爷爷一片心哪。

成为糕点之后的月饼，其内馅多采用植物性原料种子，诸如核桃仁、杏仁、芝麻仁、瓜子、山楂、莲蓉、红小豆、枣泥之类，对人体自然具有一定的保健功效。清人袁枚《随园食单》对月饼亦有介绍：

酥皮月饼，以松仁、核桃仁、瓜子仁和冰糖、猪油作馅，食之不觉甜而香松柔腻，迥异寻常。

然，“西点东进”之后，国人所青睐的月饼似乎在走着下坡路。无怪乎，中华文化促进会糕饼文化委员会于2018年中秋之际，推出了“国饼十佳”评选，其用意就在于倡导中国传统糕点的复兴。吾邑“红五星”食品企业产品“月宫饼”在此次评选中，荣获“国饼十佳”之美誉，确实让我在心生“举头望明月”“千里共婵娟”之幽思时，有了凭借之物。

在我儿时的记忆里，早先过中秋节，我们这些普通民众家中，并没有广式、苏式之类品种繁多的月饼，家里能准备的也只有黏炒饼。敬月光时，当然是用黏炒饼。

黏炒饼，以糯米粉为主要原料，做起来颇方便。糯米粉和水搅拌，成泥状，硬、烂适宜即可。硬，糯米粉不黏，易散；烂，则过黏难做成饼状。

做黏炒饼，先做成大如小孩巴掌的圆饼，一只一只贴在锅上，盖上锅盖，升火加温，等到饼子有煳面，再将另一面翻贴在锅上，继续加温。两面皆形成煳面后，便可加适量的菜油、红糖，抑或白糖，喷少许净水，在锅里炒，炒至饼呈熟色，软乎，黏稠，即可出锅，以供食用。此时，夹在筷子上的饼子，有黏丝牵出，大概这便是黏炒饼“黏”字的出处吧。

这黏炒饼，不仅夹在筷上，软软的，黏黏的；吃在嘴里，同样也是软软的，黏黏的，更多一层香香甜甜的味道，与米饭饼，是完全不一样的口感，完全不一样的味道。黏炒饼的“格”似要高于米饭饼。

月光映照下的黏炒饼，油滋滋的，饼香四溢。我们这些小馋嘴猫，便早就口水流了尺把长了，瞅着大人干别的事，不注意，两个指头一捏，一只饼子便丢进嘴里去也。此时，翘望天空中亮晃晃的凉月，咀嚼着黏滋滋、甜津津、香喷喷的黏炒饼，便对那月宫中的嫦娥仙子，心生感激。

开锅便喜百蔬香，
差糁清盐不费糖。
团坐朝阳同一啜，
大家存有热心肠。

清人王季珠的这首《腊八粥》，用词浅显，明白晓畅。煮粥、吃粥的情景是何等温馨。诗人告诉我们，农家到了腊月，将家里所剩不多的杂粮杂豆混煮在一起，熬成一锅腊八粥。一家人于寒冬腊月围坐在一起，喝着热乎乎的腊八粥，其乐融融，温暖无比。

不只是古人对腊八粥心存期待。四季轮回，秋去冬来。一进腊月，腊八节也便成了我们儿时的期盼。腊月初八，过腊八节，吃腊八粥，由来久矣。

粥，原本属众生日常所需寻常之物，因为附着了多重文化意味、精神内涵，而变得如此风靡，传播之久，扩散之广，演绎出一场又一场关于粥的传奇，实在是令人惊叹。对于一种食品作如此包装，如此推广，依我看，可谓空前绝后。这真是一个值得商家们去探究总结的商业案例。

腊八粥当然是时令的产物。吃腊八粥，当然是在腊月初八这一天。那么，腊月初八这一天，又为何要吃腊八粥呢？

从先秦起，腊八节就是用来祭祀祖先和神灵、祈求丰收和吉祥的。吃腊八粥的风俗，在宋代已十分风行。每逢腊八这一天，从皇城汴梁，到地方各官府；从名刹古寺，到黎民百姓家中，都要做腊八粥。试想，那是怎样的一个壮阔场景？整个大宋，几百万平方公里的疆域之内，数以千万计的人们，在腊月初八这一天，都在干一件事——喝粥。那一场关于“粥”的盛事，不知要上演多少故事！

明《永乐大典》记述的是吃粥的另外一个庞大群体——僧侣。“是月八日，禅家谓之腊八日，煮经糟粥以供佛饭僧。”据说，腊月初八，是佛祖悟道之日。各大寺庙除了作浴佛会，诵经，还要送“七宝五味粥与门徒”。这“七宝五味粥”，便是腊八粥，也称“佛粥”。

在吃腊八粥这个问题上，历朝之中，数清朝对皇族中人要求最为具体到位。朝廷规定，从当今皇上开始，到皇后、皇子，都要向本朝文武大臣、侍从宫女赐送腊八粥，同时，向各寺院发放熬制腊八粥所需的米、果之类物品。雍正三年，世宗皇帝爱新觉罗·胤禛曾下令，每逢腊月初八，在雍和宫内万福阁等处，熬煮腊八粥，请喇嘛僧人前来诵经，然后将粥分给各王公大臣，品尝食用，以度节日。皇上都做得这样认真，还怕下面官吏不奉行吗？要知道，在中国，上行下效历史久矣。

在民间，也有将腊八粥抛洒在庭院的院门、篱笆、柴垛之上的习俗，以祭祀五谷之神，祈求来年风调雨顺，五谷丰登。亲朋好友之间，也会将腊八粥拿来相互馈赠。有宋代诗人陆游的诗句为证：

今朝佛粥更相馈，
反觉江村节物新。

由此看来，这腊八粥，肯定是品种繁多，不然亲友之间还赠送个什么意思吵？还真的是这样，腊八粥所配食物十分丰富，每一不同食物组合，其熬煮出来的粥，风味自然不同。据《燕京岁时记·腊八粥》记载：

> 腊八粥者，用黄米、白米、江米、小米、菱角米、栗子、红豇豆、去皮枣泥等，开水煮熟，外用染红桃仁、杏仁、瓜子、花生、榛穰、松子及白糖、红糖、琐琐葡萄，以作点染。

这从沈从文先生的散文《腊八粥》一文中，同样可以得到佐证——

> 初学喊爸爸的小孩子，会出门叫洋车了的大孩子，嘴巴上长了许多白胡胡的老孩子，提到腊八粥，谁不口上就立时生一种甜甜的腻腻的感觉呢。把小米、饭豆、枣、栗、白糖、花生仁儿合并拢来糊糊涂涂煮成一锅，让它在锅中叹气似的沸腾着，单看它那叹气样儿，闻闻那种香味，就够咽三口以上的唾沫了，何况是，大碗大碗地装着，大匙大匙朝口里塞灌呢！

沈先生在文中将腊八粥之配料交代得非常清楚。因为物种实在是太多了，所以沈先生认为这煮的过程，是“糊糊涂涂”煮成的。因多种食物杂合一锅，才会有“叹气似的沸腾着”这样的情形出现。沈先生的文章距今，亦已过去半个多世纪矣，然，腊八粥的做法，腊八粥的风俗，似乎没有太多的改变。

一进腊月，便掰着指头数日子，这在我们小时候哪个没干过？所为何也？盼过年吗？不。离过年尚有一段时日，盼腊八！一到农历腊月初八，这一天晚上，我们那里不论城里还是乡下，家家户户都是要煮腊八粥的。吃上用红枣、花生米、黄豆、红豆、绿豆、胡萝卜等多种食物熬煮而成的腊八粥，香喷喷，甜滋滋，颇解馋的。这对于吃了太多的粯子饭、苋菜馉的肚皮来说，忽然有一天能吃上像腊八粥这样的美味，实属难得。所以说，那时候的孩子，盼腊八，吃腊八，忘不了腊八，不奇怪。

知道腊八粥能益气、生津、益脾胃、治虚寒，是吃了好多年腊八粥以后的事了。各种风味独特，且药用价值不同的腊八粥，颇多。诸如，防脚气病的米皮糠粥，防高血压的胡萝卜粥，防心血管病的玉米粥，治胃寒腹痛的生姜粥，治失眠的莲子粥，补血小板的花生粥，补肝的枸杞粥，等等。真可谓举不胜举。

毕竟与早年间不同了，如今的孩子，不论城里的，还是乡里的，要吃腊八粥，不一定等到腊月初八了。家中各种果点皆有，说煮就煮。更方便的，煮都免了，直接到副食品商场买它一两瓶，开瓶就吃。

偶或，尝过一回，总不似儿时家中煮出的香醇。

糖团、粽子也好，月饼、黏炒饼，以及腊八粥也罢，在现时孩子眼里，皆极其寻常，早就与“稀奇”二字无涉，并不一定只在某个特定的时令、节庆里才能出现。这样一来，孩子们与这些食物的亲近度，自然大打折扣啰。

七

风俗，不仅与四季相连，亦与人的一生紧密相连。在我们那儿，一个人不论是呱呱坠地刚出生，还是饱经沧桑离开人世，都有着不少规矩礼，与之相伴。

早先，我们老家给予新生儿的礼遇是多重的。说实在的，那时民众中重男轻女现象较为普遍。以至于那些头顶上留着小辫子的小男孩，被人开口叫起来，都有“小八子”“小九子”，而在他们降生之前的姐姐们多半叫着“盼弟”“招弟”“来弟”之类。

读者诸君还不要不信，在汪曾祺先生的名作《大淖记事》中，就有个年青的兴化锡匠，名叫十一子。诸位不要以为，汪先生写的是小说，虚构的。汪先生自己就曾说过，他写家乡高邮的作品，绝大部分都是有生活原型的。

说了这么多，是想告诉读者诸君，那时候给男宝宝和女宝宝的新生礼遇差别还是比较大的。我是家中唯一的男孩，小时候就有银项圈、银锁和银镯子。银锁是带银索子的那种，银镯子，又分银手镯和银脚镯。我的银脚镯戴的时间最长，直到在学校被同学讥讽，让我丢了大丑，才回家愤而将银脚镯撬断，结束了戴银脚镯的历史。

上面所述三种银器件，我的三个妹妹，只能拥有一件——手镯。这是我家的情形。更富裕的人家，银会变成金，即使不都是金，也会有几件纯金的，譬如金耳环之类。如若家中条件不是太好，银会变成铜，铜项圈、铜锁、铜镯子。家中男宝宝佩戴起来，黄灿灿的，也是蛮好看的。

在给新生儿的礼遇中，有一样物件，不分男女，只要是新生宝宝都有。何物也？虎头鞋。

这虎头鞋，据说和观世音菩萨、红孩儿，以及一户李姓人家有关。此处不做详述。

不过，现在的寺庙中，但见观世音菩萨跟前的红孩儿，总是赤着一双脚。据说，他脚上原先穿着的那双虎头鞋，留给了李家之子。这也是给新生儿穿虎头鞋，避邪免灾保平安习俗之由来也。

虎头鞋，鞋头那老虎的两只眼睛大大的，炯炯有神，眉间绣着个“王”字，在各色绒线的衬托下，虎头虎脑，很是可爱喜人。

说到虎头鞋的制作，不得不说一说我们那儿的口岸虎头鞋，已经成为一项非遗产品，历经四代传承，有了一百二十多年的历史。

其四代传承，遵循的是母传女模式。第一代传人章氏，清光绪初年生于一个徽商之家。章氏自幼聪慧好学，读诗书，学女红，尤其喜欢刺绣。嫁入叶府时，就有了一间绣房。这也为她日后刺绣虎头鞋提供了物质基础。年过九旬的章氏，耳不聋，眼不花，她制作的虎头鞋成了当地人眼中的祥瑞之物。

虎头鞋制作的第二代传人叶月英，在跟随母亲章氏学习刺绣的同时，还跟着当地艺人学习绘画、剪纸等技艺。喜欢钻研的叶月英，很快就将绘画、剪纸以及京剧脸谱艺术融进虎头鞋制作之中。她制作的虎头鞋，民间特色更为浓郁。

吴和生，虎头鞋制作的第三代传人。十三岁便开始跟随母亲叶月英学习制作虎头鞋。十七岁嫁到泰州口岸镇，同时也把祖传的虎头鞋制作技艺带到了口岸。至此，口岸虎头鞋这一特殊的民间产品便诞生了。

口岸虎头鞋，在其第四代传人邓小华手中得到了进一步发扬光大。邓小华从小就跟着母亲学习虎头鞋制作技艺。与母亲有所不同的是，邓小华紧跟时代步伐，将虎头鞋的鞋帮和拷边由手工改为缝纫机加工，工效大幅提高。

在图案设计方面，邓小华融入了徽派剪纸与扬州剪纸艺术，增加了泰州地区百姓喜闻乐见的吉祥纹案，如“喜鹊登梅”“荷花莲藕”“麒麟送子”等。她在虎头鞋制作过程中，非常讲究针数，几乎无一例外地都取吉数，寓意“双喜”“五福”“四四如意”“六六大顺”之类，极富地方特色。

如今，邓小华已经把虎头鞋由单一制作，创新成为系列产品。仅在鞋面色彩上，就形成了“头双蓝”“二双红”“三双紫”三色系，迎合了民间有姑姑送三双不同颜色虎头鞋，保佑侄儿平安富贵之习俗。

这里值得交代的是，给虎头鞋钉须时，一般在虎口两边各钉六根虎须，寓意“六六大顺”，多的则在虎口两边各钉二十五根，一双鞋合一百之数，寓意“长命百岁”。

时至今日，小孩子“三朝”“满月”“过周”等重要时间节点上，亲友们都会为小宝宝送来一双双象征祈福纳吉的虎头鞋。毫无疑问，这虎头鞋，成了一个人生命最初时的装点。

众所周知，生之终点，必然是死。人的一生，总是要面对死亡。鲁迅先生曾举过一个极端的例子。说是“一家人家生了一个男孩，合家高兴透顶了。满月的时候，抱出来给客人看”，于是客人的反映来了——

一个说：“这孩子将来要发财的。”说“发财”者，“得到一番感谢”。

一个说：“这孩子将来要做官的。”说“做官”者，“收回几句恭维”。

一个说：“这孩子将来是要死的。”说“要死”者，“得到一顿大家合力的痛打”。

由此可见，人们对接受真相，并不是那么容易。这样一来，便会滋生出许多烦恼。譬如，贪、嗔、痴；再譬如，生、老、病、死。还有人们常说的，“怨憎会”“爱别离”“求不得”，诸如此类，不一而足。

其实，我们应好好想一想，在生命结束的时候，上面所说的“三毒”也好，“八苦”也罢，还有那么重要吗？当生命走至终点，意味着一切归零：爱恨情仇，成功失败，崇高卑劣，荣耀污垢。只落得“赤条条，来去无牵挂”，还尘世一个“白茫茫大地真干净”。岂不善哉！

在我的家乡，对死者的敬重，也有一整套规范流程。在此，我只说一项颇为古老的民间工艺——纸扎。

在民间，纸扎有多种不同的称谓，如扎作、扎纸、扎纸库、扎罩子、彩糊等，通常用于祭祀先人，悼念逝者。产生于汉代。

既然称之为纸扎，所用材料的主体应该是纸，各种规格、各种质地、各种颜色的纸。专门从事纸扎者，被称为“扎彩匠”。扎彩匠从事纸扎行当的场所，也有其专有名称，称为“纸扎铺”“纸马铺”“纸马香铺”。

通常，在固定的名称前，加上经营者的姓氏，便是其铺名了。譬如，在泰州海陵东乡塘湾绰河，人们只要看到孙记纸扎铺，就会知道，这间铺子是孙氏家族所开。老百姓没有不知道的，知名度、美誉度都很高。

扎彩匠一般扎这样五类纸扎品：一是人像，包括各类神像。通常为童男童女、戏曲人物，还有各类侍者。二是房屋建筑，分为三、五、七、九等不同间数，其扎制的规格也就不一样。普通民居式样，为三厢式、五厢式，加上灵房、门楼即可。如若是分前后进，则以七厢式、九厢式居多，另外还要配有灵房、门楼、牌坊之类，其格局和气派则大不同矣。三是各种牲畜，犬、马、牛、羊最为常见，讲究的则要在房屋的特殊位置加上瑞兽，如宅院大门口摆上一对石狮子，客厅神案上方置绕云祥龙，寓所床第前置腾飞凤凰，凡此等等，为整个建筑群落增添祥瑞之气。四是各类被褥、衣物，为逝者提供不同用途被褥，四时衣物，棉衣、夹袄、单衣，上装、下装。五是各种器皿、电器等，盘子、碟子、杯盏等日常用具，铜炉、风扇等季节性用具，电视、冰箱、洗衣机、汽车等现代用具，可以说应有尽有。只要主家提出来，扎彩匠都会满足主家所提要求，只是费用上不让师傅吃亏就好。

明清时期，及至民国，泰州城乡就有十多家纸扎铺子，分布在南门高桥、北门杨桥、城中升仙桥、西门招贤桥等地方。这当中，要数前文已经提及的东乡塘湾绰河的孙氏纸扎尤其出众，坊间一直流传着“化库好纸扎，绰河孙家扎”的说法。

孙记纸扎铺从清道光年间开设传承至今，已经有六代之多。孙氏纸扎传人孙素林，从小就受到祖辈纸扎技艺的熏陶，十岁时开始随其父学习纸扎制作，从多年的实践中将孙氏纸扎提炼出了一套较为完整的工艺规范。

选材。主材为纸，多以绵纸、宣纸、毛边纸、草纸为主，色纸则是根据纸扎需要，选择相应的彩色染制。此外，还有扎骨架需要用的芦苇、麻绳、竹子等，这里头所用芦苇，一般为本地产的钢芦苇，材质硬挺，弹性好，易焚烧。

扎骨架。根据纸扎要求的那些人物、建筑、牲畜、用具，以及具有时代特征大件的基本框架，来进行骨架绑制。在绑扎过程中，讲究结构合理，比例得当，形象逼真，立轴稳定，方便搬运，易于焚烧。

裱糊。依据纸扎的总体构想，将事先剪好的各种纸品，往骨架上逐一糊贴，使之成为一件成品。这里要注意的是，剪裁彩纸时，要运用雕镂拼贴工艺，制作出生动形象的图案、图形，先满糊素纸，然后贴糊装裱，再贴图案、图像。

彩绘。实际操作过程中，分为糊前绘和糊后绘两种。糊前绘，就是在整个骨架糊裱前，将所需图像、图案，事先画好了，只等素糊结束后，再贴彩绘好的彩纸；糊后绘，顾名思义，就是在所有糊裱完成后，依据纸扎图案的要求，直接在骨架上进行彩绘。

组装。一件完整的纸扎作品，由几个大的方面众多扎件组成，所有的糊裱、彩绘都结束之后，便可以将每一个扎件按照要求进行组合安装。因是纸质品，组合时一定要注意不能破坏任何一个扎件，否则扎出来的作品，洞眼不断，呈现出来的整体效果便差矣。

孙氏纸扎融剪纸、绘画、书法、雕镂、扎制等多种技巧于一炉，形成了独特的审美取向和文化内涵。虽然在“文革”时期被作为“四旧”而取缔，到 1977 年国家宗教政策落实，对各种民间传统习俗进行保护，纸扎又走进了普通百姓生活。

依我个人的认知，纸扎之所以被众多民众用来给死去亲人作生命最后的装点，跟死去亲人在世生活贫瘠不无关系。纸扎，寄托着活着的人们对死去亲人在天国生活的一份美好祈祷。

（2022年9月20日于海陵莲花）

后 记

这是一本关于家乡的书，是我六十岁之后唱给家乡的歌。

地处江淮里下河平原的老家兴化，古属楚，因境内河荡密布，得名楚水；作为楚国令尹、大将军昭阳的食邑，又称昭阳。

多水的兴化，使其乱世成为“世外桃源”，盛世却又闹中取静。无数文人雅士、骚人墨客，为避战乱，为避喧嚣，甚至为避功名而来到兴化，又为读书、为卖画、为会友、为功名而离兴化而去。他们当中有写《水浒传》的施耐庵，写《桃花扇》的孔尚任，写《报刘一丈书》的宗臣，写《艺概》的刘熙载，有“扬州八怪”代表人物郑板桥、李鱓……

具有两千多年历史的兴化，有着极其丰厚的传统文化积淀。这于我而言，无疑是潜移默化的影响。在多年之前，陈建功先生就从我的小说里读到了刘熙载一直主张的那种“愿言蹑清风，高举寻吾契”的情愫。陈建功先生在把我的作品与刘熙载《艺概》中的理念做了一番比较之后，这样说——

“这一位‘刘’和那一位‘刘’是否有血缘关系且不必管他，这一位‘刘’是否读过那一位‘刘’的《艺概》也无须深究。从文学观念上看，他们还真有几分相近之处呢。刘仁前笔下静静地流淌而出的，大抵是乡情。如梦如幻，如丝如缕。”

细心的读者朋友不难发现，我那时还不叫“刘香河”。“刘香河”，是我六十岁之后的全新笔名。

我的这个全新笔名，当然跟我写出的第一部长篇小说《香河》有关。实在说来，《香河》面世之后，还是产生了较为广泛的影响。多次被专家学者们研讨，人民文学出版社也推出了多个版本。小说曾在泰州电台以方言形式连续播出，被改编成同名电影之后，不仅入选第二十七届金鸡百花电影节，登陆国家广电总局数字电影管理中心面向全国农村公益性放映，多次在央视电影频道播出，而且入选温哥华国际电影节、开罗国际电影节、南非国际电影节等多个国际电影节，获得最佳导演、最佳摄影、最佳编剧等多项提名，并在俄罗斯外贝加尔湖国际电影节上获得最佳女主角奖。有一年，家乡多个电视台打出“大年初一看《香河》”之广告宣传，在大年初一播放电影《香河》，还真引发了不小的“香河热”。《香河》，无论是小说，还是电影，都在散发着其独特的魅力。

需要向读者诸君说明的是，我的这个笔名，并不仅仅是因为《香河》。诚如读者诸君所知，笔名后两个字为“香河”，而前两个字则为“刘香”。

“刘香”，这是我出生地的地名。换句话说，这是我真正的老家的名字，是我的血地！《香河》中的“香”字，最直接的是从村名中来。当然，进入文本之后，“香”字有了更为丰沛的内涵，自不必说。

不止于此，“刘香”在作为我老家地名之前，首先是个人名。他是我的祖上！听我父亲讲，我们这一支“刘”的老祖宗便是“刘香”。如此一来，我的新笔名，既认祖归宗，又与自己的创作相关。

其实，明眼人一望便知，我的这一举动，是一个“切分”。将花甲之年之后的创作，与之前做一个切分，让以“瓜棚主人”为笔名的创作成为过去，让“刘香河”给自己一个全新的开始。

我为什么要对“六十岁以后的书写”与“六十岁以前的书写”做一个切分呢?

我不是一个专业作家，并不以写作为生。我的身份，是一个机关工作人员。我还在多个部门负责人的岗位上工作了多年，特别是在地级市文联主席位置上工作了十年。

显然，我在工作岗位上，业余从事文学创作，我的思考，我的关注，必然有些与生俱来的东西，这些当然不能简单地称为限定。有些东西，作为一个受党教育多年的机关干部，是必须遵守的。而进行文学作品的创作，进行文学人物的塑造，进行文学事件的表达，如果我们仅仅取一种身份、一种姿态、一种视角，那显然是不够的，也是不足取的。这是由文学的终极目的所决定的，不言自明。

这样看起来，我“在岗”，与“不在岗”，就文学创作而言，后者对我个人而言，无论是身份，还是姿态，还是视角，似乎都更为灵动而宽松，让我靠文学更近一些。

当然，更为重要的因素来自年龄的变化。一个人，由六十岁开始，步入老年。孔子说：“五十而知天命，六十而耳顺，七十而从心所欲，不逾矩。”

这显然跟“而立”“不惑”完全是不同的人生阶段了。人到了老年有一个明显的特点，回望。大多数人会回望自己人生所走的路，经历过的，遇见过的，体会过的，感受过的，喜怒哀乐，坦途曲折，点点滴滴，一幕一幕，之后定然会有新的感受，新的体悟，给自己以后的人生道路确立一个新的人生姿态，新的观察视角。

这样的回望，无疑是有意义的，有价值的。它至少有利于我们将人生这个圈圈尽可能画得圆一些。这是有可能的。

对于我，这样的回望，意义要更大一些，更有价值一些。因为文学创作，从什么时候开始都不算晚。我希望，六十岁之后，我能有一个全新的创作姿态，全新的创作视角，通过对我六十岁之前的创作进行总结反思，进行回望研判，之后进行调整改变，当然要经过一番努力，这样的希望是存在着实现的可能性的。

譬如，《湖荡》这本书里的一些篇章，就有了一种回望的意味，大家可以翻一翻。“放慢脚步，让自己的肉身，等一等疲惫不堪的灵魂！”人们都在感慨，从前很慢，一生只够爱一个人。木心先生也曾写过类似的诗句：从前的日色变得慢，车，马，邮件都慢，一生只够爱一个人。

我觉得步入老年之后，放慢脚步是一个必然的要求，是生命对自己的友情提示。我放慢的不仅仅是生命的脚步，还有文学创作的脚步。朋友们如果还关注我的创作，将会看到，我今后的创作将少有那些“急就章”，少有那些“碎片化”，杜绝那些“粉饰”与“矫情”，远离“遵命”，回归“自然”，回归“生态”。采菊东篱下，悠然见南山。虽不能至，心向往之。

有位作家就曾说过，一个作家写来写去，写了许多年，到最后写的是什么？写的是自己！

对此，我非常认同。

我为“刘香河”规划的创作方向，就是写自己，写自己的切身感受，写自己的深切思考，这里的一个重要载体不是其他，就是我的家乡！

2022 年第 8 期《人民文学》刊发的我近两万字的长篇散文《湖荡》就是这样的一篇作品，刊发后引发了一波转载热，中国作家网、江苏作家网、里下河文学网、中华英才网，以及《散文海外版》等广为转发，“学习强国”平台多次选载，家乡的新媒体更是大力推介。

《湖荡》里有我的生命体验、童年记忆，有故乡的历史人文、风俗风情、自然生态，有回忆的美好与温馨，有沧桑变化中的不忍与伤痛。

我的笔调是徐缓的，我的视野是开阔的，我的姿态是“民间”的，我文章的风貌是“自然”的。

以《五湖八荡》为书名的这本散文集，所选取的是在《人民文学》《中国作家》《大家》《钟山》《雨花》等期刊上发表了的散文，有些为《散文选刊》《散文海外版》以及多个选本所选发，我努力进入一种“自然写作”的状态。

的确，我的老家兴化，有着独特的自然风貌。无论是“河有万湾多碧水，田无一垛不黄花”的千垛菜花，还是“杉在水上，鹭在林中”的李中水上森林，每年的阳春三月，都会吸引成千上万的游客，赏美景，品美食，来一番兴化水乡生态休闲游。

我在自己的作品里，对早先老家的自然风光也有过这样的描绘：“出门见水，无船不行。河道野藤般乱缠，有河必有村，有村必有河。河是藤，村是瓜。瓜不离藤，藤不离瓜。三步一村，五步一舍，大大小小，瓜儿似的，村舍相挨。一村鸡啼，村村鸡啼；一舍狗叫，舍舍狗叫。村村舍舍，鸡啼狗叫，好不热嘈。”“热嘈”，为兴化方言，热闹的意思。

老家极具个性的地域风貌，让生于斯长于斯的我，有一种血浓于水的亲切情感。

业余为文三十余载，我至今都恪守着三十多年前自己定下的创作理念：用手中的笔告诉世人家乡的一切。2021 年第 6 期《大家》刊发我封面照的时候，主编周明全让我再写一句话用在那一期《大家》的封底，我写的就是这一句。

我愿意用我的余生为家乡书写，为家乡歌唱，让更多的人知道我的家乡，了解我的家乡，喜欢我的家乡。

我要告诉读者朋友们的是，家乡那跻身全球四大花海的千垛菜花，如今又有新的金字招牌了：那金灿灿的油菜花海赖以生长的垛田，在获得“全球重要农业文化遗产”称号之后，最近又入选第九批世界灌溉工程遗产名录。“双遗产”的千垛风光，真值得读者朋友们前来观光采风，乘一叶小舟，游于碧波花海，观白鹭飞翔于翠杉之丛，闻芳香飘荡于千垛之上，何其美哉！

是为后记。

刘香河

2023年2月24日于海陵莲花